丝路山水 壮美巴州
Bazhou Travel

壮美巴州

从塔克拉玛干秘境到楼兰情怀

周德军　王文杰◎著

中国石化出版社
·北京·

图书在版编目（CIP）数据

壮美巴州：从塔克拉玛干秘境到楼兰情怀 / 周德军，王文杰著 . —北京：中国石化出版社，2025. 1.

ISBN 978-7-5114-7861-0

Ⅰ . I267

中国国家版本馆 CIP 数据核字第 20251QS885 号

中国石化出版社出版发行

地址：北京市东城区安定门外大街 58 号

邮编：100011　电话：（010）57512500

发行部电话：（010）57512575

http：//www.sinopec-press.com

E-mail：press@sinopec.com

北京科信印刷有限公司印刷

全国各地新华书店经销

*

710 毫米 × 1000 毫米　16 开本　18 印张　275 千字

2025 年 1 月第 1 版　2025 年 1 月第 1 次印刷

定价：88.00 元

序言

翻开《壮美巴州》这本书，往昔记忆如潮水般涌来，我的思绪瞬间回到了那片遥远而美丽的巴州大地。想当年，我作为河北援疆干部的一员，和同事们怀揣着对边疆的炽热情感以及对未来的美好期许，踏上了巴州这片广袤无边的土地。

在巴州的日子里，我们有幸目睹了它那摄人心魂的壮丽风光，也更深切地领悟到援疆工作所具备的重大现实意义以及深远的历史意义。不仅如此，我们还与这片土地、这里的人民建立了难以割舍的深情厚谊。巴州，单是名字便充满了无尽的想象空间。从塔克拉玛干沙漠的浩瀚无垠，到博斯腾湖湖水的碧波荡漾；从昆仑山的雄伟巍峨，再到塔里木河的曲折蜿蜒，这里的每一处景致，皆是大自然赐予巴州的珍贵礼物，也成为我们援疆干部心中永恒的绝美画卷。

我们漫步在这片土地上，仿若能感受到它的一呼一吸，倾听着它承载的悠悠故事。每一次的短暂停留，都好似与大自然进行了一场深情交融，又仿佛是同历史展开了一场深刻对话；而每一回的凝眸注视，都仿佛是与美好不期而遇，更是同未来定下了一场浪漫之约。“三年援疆路，一世新疆情”，对口支援新疆，乃是党中央、国务院着眼于为促进新疆发展、增进民族团结、维护新疆稳定做出的重大决策部署。

对援疆干部而言，援疆之举绝不仅仅是一项普通的工作任务，它更是一次能够锤炼人生、升华思想境界、陶冶情操、洗涤灵魂的宝贵经历。在这里，我们学会了坚韧与奉献的可贵品质，也懂得了尊重与包容的处世之道。我们与巴州人民携手并肩，共同面对发展过程中的困难与挑战，一同分享取得成功时的喜悦与快乐。在这一来一往间，所建立起来的这份跨越地域、超越时空的真挚友谊和深厚感情，让我们的援疆之旅变得意义非凡、越发值得在岁月长河中反复回味。

身为援疆干部，我们都清楚，援疆所承载的意义远不只是给予人力、物力、财力方面的援助，以及导入先进理念、技术和经验，它更是一种情感的传递、文化的交流以及精神层面的共鸣。我们带去的，是援疆省市以及援疆干部对巴州各族人民满满的支持与关爱，是对边疆建设与发展的殷切期待；而我们带回来的，则是与巴州各族人民的深情厚谊，还有对这片土地深深的眷恋与诚挚的祝福。

在巴州生活的这段时光里，我们为这片土地上自然风光的雄浑壮美而深感震撼，被巴州各族人民不懈奋斗的精神以及蕴含的巨大发展潜力深深吸引，更沉醉于那丰厚的人文历史和文化底蕴之中。楼兰故城的神秘莫测、罗布泊的奇幻瑰丽、巴音布鲁克的大气壮美、塔里木河的坚韧顽强……巴州的每一处都承载着沉甸甸的历史文化，散发着独一无二的魅力。我们在探寻历史足迹，感受文化韵味的过程中，对巴州有了更加深刻的认知和理解。

《壮美巴州》这本书，不仅仅是一部记录巴州自然风光与人文历史的佳作，更是众多援疆干部情感世界和心路历程的真实写照。该书作者周德军，既是一位作家、诗人，更是一名满腔热忱投身援疆事业的干部，在一同工作的日子里，能真切感受到他对援疆工作发自肺腑的热爱，以及全身心投入其中的专注与执着。从他用心撰写的这本书里，我们能够更加深切地体会到一名援疆干部深厚的援疆情怀，以及对巴州人文风物由衷的喜爱，而这种喜爱无疑是源自内心深处、触及灵魂的。

援疆干部书写新疆题材的作品本就不多，尤其是像德军同志这样，在结束援疆工作十年之后，还能写出一部饱含深情的作品，实在难能可贵。

这其中蕴含的，是经过岁月沉淀后喷薄而出的真挚情感，所表达出的是对巴州壮美风光的由衷赞美、对巴州各族人民的深深眷恋与深厚情谊，相信这也是广大援疆干部共同的心声。

我作为援疆干部中的一员，被书中描绘的一个个场景、一段段情节深深吸引，仿佛又一次踏在巴州大地之上，重走了一回那段意义非凡的援疆之路，我为自己能够参与这项具有历史性意义的伟大的援疆事业而倍感自豪，也为能与巴州人民共同见证这段辉煌篇章而满心骄傲！

在未来漫长的日子里，无论我们身在何方，这份对巴州的热爱与思念，都将如影随形。我们会带着这份沉甸甸的爱，继续在人生的旅途上坚定前行，不断回味那段刻骨铭心的援疆岁月。同时，我们也由衷地期待着巴州能够繁荣昌盛，成为更多人心驰神往之地。

援疆作为党中央的重大战略决策、国家层面的重要部署，这段亲身参与的援疆经历，注定会成为我们人生中不可磨灭的珍贵印记。最后，就让我用一句话为这篇序言画上句号吧，“巴州景壮美，援疆意深长。吾爱同山永，此情共水长”。

王会勇

（河北省第十三届人大常委会副主任，河北省第六批援疆干部领队、援疆指挥部指挥长、新疆巴州党委副书记）

目　录

CONTENTS

巴音布鲁克草原（马立新 摄）

第七辑　穿越“死亡之海”　165

第八辑　“无缰野马”塔里木河　189

第九辑　“古西海，金博湖”　209

草原湿地（马立新　摄）

天山草原（周德军　摄）

跳动的音符（周新明　摄）

人间有大美

遥远的已不再遥远，一如梦幻，时光突然地把你推到我的面前，沙漠、戈壁、山川、河流、湖泊、草原、羊群、雄鹰，都在真实地呈现，一粒沙子的光芒蕴藏太久，以至于阳光不停地坠落；一波流水无数次地上升和飘洒，一如人世；天空和大地如此透明，历史和现实在怀想中演绎聪颖。

这里的一切对比是那么的强烈，融合是那么的自然。

最大的沙漠边缘，躺着最大的内陆淡水湖，博斯腾湖水里沉淀了多少渥巴锡英雄的血脉，蕴藏了多少塔克拉玛干大沙漠的精灵？

在最干旱的南疆沙漠和戈壁里，流淌着中国最长的内陆河。无缰的野马恣意驰骋，带走流沙的同时，又带来多少生命的迹痕；绿洲的村落，飘散了的炊烟是她的外延，白云是她的姊妹，让羊群替她在人间行走，并代表她感恩。

沙漠是最大的沙漠，大到可以吞噬一切，每年的三四月份，风季来临的时候，漫天的黄沙遮天蔽日，内地下雨，巴州下沙，雨润大地，黄沙埋金。

河流是最长的河流，仿佛永远也走不到头，千回百转，百折不挠，塔里木河因无尽而绵长，从天上来，到地下去，殊途同归，塔里木河在无数吸水魔兽中间，硬是走了两千多公里。他的行程究竟有多么艰难？还要在地下行走多少年？

湖是最大的内陆淡水湖，仿佛蔚蓝的天空是他的延续，葱郁的绿洲是他的戎装。水因傲视沙漠而大美，带一片绿荫，活一方人烟。

山脉是最大的山脉，昆仑山，万山之祖，中华民族都要顶礼膜拜；天山，万山之母，新疆的母亲之山。

仿佛有沙漠就不会有水，有水就不会有戈壁、荒漠，而悖逆之理在这里呈现，在人们意识里最不容易出现的两种事物，竟然在这里融合得那么自然、那么和谐，坦坦荡荡、亮亮堂堂地摆在那里，造物主制造了如此

的神奇。山、水、沙漠、戈壁相依相存，一幅绚丽的自然奇画，如此的完美，如此的让人痴迷、眷恋。

大比之美，大融之美，巴州会给人带来多少强烈的震撼?

到这里你才能真正理解什么是大美！这样的美要有广阔的空间，要让美信马由缰，恣意驰骋；这样的美要有翅膀，有无限的想象力，穿越时空，纵横捭阖。

这样的美要有强烈的反差，大起大落，跌宕起伏，出人意料，耐人寻味。

这样的美要有沧桑感，要沉淀历史的悲凉；要让人有意想不到的大喜；要让人有不可抑制的大悲；要让人禁不住地回想、冥思，品不透，总想品，思不清，总在思；要让人不知不觉间落泪；要让人止不住地长叹。

草原（栾根成　摄）

这样的美要在眼睛里留恋多少年，在血液里流淌多少天，要在思想里沉淀多少岁月？大山、大水、大漠，与此相逢的人类，胸怀必定是宽广的，目光必定是辽远的，理想必定是远大的，步伐必定是气派的，要不，这里的人们怎么会有如此的豪迈：欧洲、美洲、巴州，长江、黄河、孔雀河。

他们比的是世界，比的是胸怀，比的是视野，比的是境界，融的是自然，融的是人生，融的是天地。

诗体游记之一：

巴音郭楞

拥一座山不够气势
所以你北依天山
南握昆仑，手捧阿尔金

揽一池碧水不够亮堂
所以你怀揣博斯腾，头举天鹅湖
抬手抛出一个罗布泊

一条河再长也形不成经纬
尽管你是全国最长的内陆河
扯出孔雀河，扯出米兰河
扯入车尔臣河，众多的河流
连成巴音郭楞的经纬

青山绿水，是否有点单调
把沧海桑田打磨成时间的碎片

再碾碎成吐金的黄沙
让戈壁扮酷
这才是真正的巴音郭楞

到这里才知道什么是辽阔
到这里才知道什么是坦荡
到这里才知道什么是深沉
什么是悠远和厚重，历史和自然
在这里演绎了多少风云变幻

巴音郭楞是立体的，四维的
她的内涵远在我的想象之外
她的高远穿越时空和梦幻
一个楼兰，足以让世界瞩目
还有米兰……

多少落花随波逐流
多少繁华被岁月掩埋
斗转星移，又有多少天工人巧
争奇斗艳

中国第一州

壮美巴州，一个有故事的地方，一个可以将心安放的地方。

巴音郭楞蒙古自治州简称巴州，位于新疆维吾尔自治区东南部，“巴音郭楞”为蒙古语“富饶的流域”。总面积47.15万平方公里，占新疆总面积的四分之一，相当于浙江、江苏、江西、福建四省面积的总和，是我国地、州级行政区划面积之最，堪称“中国第一大州”。下辖库尔勒市和焉耆、和静、和硕、博湖、尉犁、轮台、若羌、且末八县，有蒙古、维吾尔、汉、回、哈萨克等46个民族。首府库尔勒市是新疆第二大城市，先后荣获全国文明城市、国家卫生城市、环保模范城市、园林城市、优秀旅游城市和中国十佳魅力城市等20多项国家级荣誉称号。巴州是海内外人士旅游观光、投资开发的一块热土。

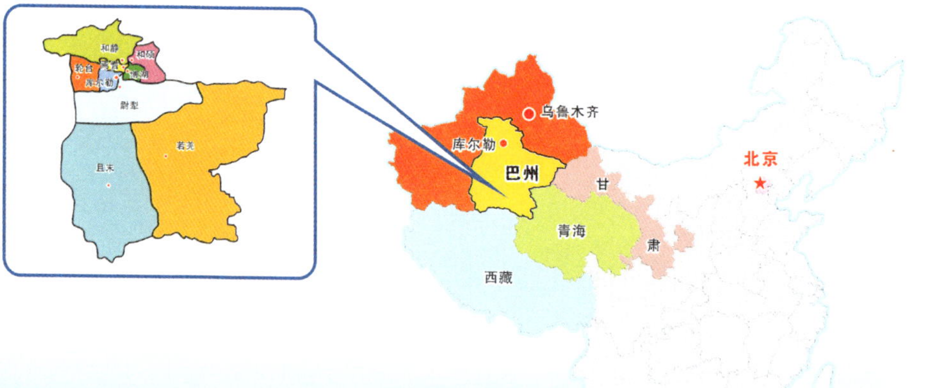

中国之最

● **中国第一大州**——巴州面积 47.15 万平方公里，是我国面积最大的地级行政区。

● **中国最大的钾盐储藏地**——若羌县罗布泊地区已探明钾盐工业储量达 3 亿吨，潜在价值超过 8000 亿元，具备成为我国最大的钾盐生产基地的资源潜力。

● **中国最大的沙漠**——塔克拉玛干沙漠，位于塔里木盆地中心，东西长约 1000 公里，南北宽约 400 公里，面积 33.76 万平方公里，仅次于非洲撒哈拉大沙漠，是世界第二大沙漠，第一大流动沙漠。

● **中国最长的内陆河**——塔里木河，从西向东横穿大漠而过，全长 1321 公里，巴州境内河长为 428 公里。

● **中国最大的内陆淡水湖**——博斯腾湖，现水域面积约 1000 平方公里，平均海拔 1048 米。

● **中国最大的亚高山高寒草甸草原**——巴音布鲁克草原，海拔在 2500~3000 米，总面积约 2.3 万平方公里，是我国第二大草原。

● **中国最大的盆地**——塔里木盆地，东西长约 1500 公里，南北最宽处 600 公里，面积约 56 万平方公里，平均海拔约 1000 米。

● **中国唯一的天鹅自然保护区**——巴音布鲁克国家级自然保护区，面积 1000 多平方公里，那里生活着大天鹅、小天鹅、疣鼻天鹅等万余只天鹅。

● **中国建立最早的高原荒漠生态系统综合性保护区**——阿尔金山国家级自然保护区，位于若羌县和且末县南部山区，面积 44940 平方公里，平均海拔 4500 米以上，这里生活着藏野驴、藏羚羊、野牦牛等国家一、二类保护动物。

● **中国面积最大的野骆驼自然保护区**——罗布泊野骆驼国家级自然保护区，位于若羌县东北部，面积 7.8 万平方公里。目前现存野骆驼数量极少，比国宝大熊猫数量还少，属于极其濒危野生动物。

● **中国最大的胡杨林保护区**——塔里木胡杨国家级自然保护区，位于尉犁、轮台两县境内，总面积 39.54 万平方公里。世界上有 61% 的胡杨生长在中国，而中国 90% 以上的胡杨又生长在新疆的塔里木河流域。被誉为世界最古老、面积最大、分布最集中、保存最完整、最原始、最具代表性的胡杨林保护区。

● **世界上建于流动沙漠中最长的等级公路**——塔里木沙漠公路，全长 522 公里，横贯塔克拉玛干沙漠，是世界公路史上的奇迹。

● **中国最大的天然气产区**——塔里木盆地已探明天然气总储量近 9 万亿立方米，占全国四分之一。

● **中国最大的耐火材料蕴藏区**——红柱石预测资源量 2.32 亿多吨，居

全国第一位，霍拉山红柱石矿是全球已报道的最大的整装红柱石矿山。

- **中国最大的蛭石产区**——位于尉犁县的蛭石矿，预测保有储量1亿吨，占全国预测储量的92%，居全国第一位。

- **中国最大的野生罗布麻产区**——面积约800万亩，每年可采收麻皮10万吨和大量麻叶。

- **中国最重要的芦苇产区**——博斯腾湖芦苇产区，环湖芦苇面积达60余万亩，芦苇年产量20多万吨，是全国四大芦苇产区之一。

- **中国最大的香梨生产基地**——库尔勒市2024年香梨种植面积40.02万亩，产量46万吨。

- **中国唯一的沙漠森林公园**——塔里木胡杨林国家森林公园，位于轮台县塔里木河北岸的沙漠之中。

第一辑

色彩斑斓的“飘带”

丝绸之路交汇点

历史上，曾有一条贯穿欧亚、绵延万里、色彩斑斓的“飘带”，承载着东西方文明的交汇与融合。

这条织入无数文明的飘带从洛阳、长安到敦煌，再从敦煌穿过玉门关，通往西域，这就是“丝绸之路”，又被人称为“玉石之路”“黄金之路”“香料之路”，作为中国西部乃至整个中亚、西亚最具代表意义的文化

资源而久负盛名。

从西汉张骞奉汉武帝派遣“凿空”西域，到东汉甘英出使古罗马帝国大秦；从唐初著名高僧玄奘西游印度，满载佛教经典而归，到林则徐流放新疆传播儒学经典，中华民族的先人，前赴后继，开辟了源远流长的中西文化交流的阳光坦途，传播着中华文明。在这条接力传递东西方文明交流的大道上，有无数的故事与传说被世人吟诵传唱。

每个来到新疆的人，在踏上新疆这片土地的时候，都会感叹这里的风景之旖旎、文明之丰厚、文化之多彩。这里，河流湖泊与沙漠瀚海伴生，冰川雪岭与戈壁草原共荣。更为重要的是，这里还有绚丽多姿的民族风情、丰富多元的文化以及中西方文明碰撞与交汇的见证——古老的丝绸之路。

罗布人村寨（王汉冰　摄）

昆仑山畔驼铃响

第一次认识丝绸之路，是从万里长城的西部起点——嘉峪关开始的。

那是20世纪90年代，坐火车从兰州到嘉峪关，整整走了一天时间。沿着河西走廊，驶过一道道黄土沟壑，感觉火车像是在爬坡迈坎。窗外刚刚下过雨，列车驶过丘陵地带，进入了漫无边际的崇山峻岭。印象中的沙土连绵、戈壁延展的大西北似乎不见了，取而代之的是郁郁葱葱、满目绿意的塞外江南。

记得史料上有记载，早在西汉武帝时期，霍去病征战匈奴，中原政权的西北前线推至敦煌以西的玉门关、阳关一带。在这个军事要冲上，西汉王朝自东而西设置了武威、张掖、酒泉、敦煌四郡，直到今天，这里依然是内地通往新疆的交通要道。

“劝君更尽一杯酒，西出阳关无故人”，“羌笛何须怨杨柳，春风不度玉门关”。对于西域，古人总是怀着复杂的感情，在他们看来，阳关、玉门关之外就是不一样的世界，就是苍凉的荒漠。走向西域，面对的是一个荒凉的世界，前途有着不可预测的危险。自霍去病征战河西走廊之后，官吏、商队、军士以及因各种原因踏上这条道路的人，首先感受到的是西域歌舞、大漠驼铃、黄沙万里。

嘉峪关由外城、内城、瓮城三部分组成，环环相套，蔚为壮观。内城的城墙高达11米，给人一种固若金汤的感觉。巍巍耸立关楼，雕梁画栋、飞檐如翼。登楼远眺，天高云淡、雪山隐隐、戈壁茫茫，塞外风光尽收眼底。“雄关漫道真如铁”，登上关楼时，眼前的塞外景象让人感觉壮怀激烈，而历史的幽思又使人黯然神伤。历史上的金戈铁马，茫茫大漠中跋涉的驼队，无不让人激情满怀，迸发无限感慨。

站在关楼上，长城从关城角楼蜿蜒往南延伸，在广阔的戈壁滩上，极目远眺也不见尽头。读历史时，我始终对长城怀着复杂的感情。一方面，长城是中华民族的伟大杰作，是中国几千年历史的象征；另一方面，自从明朝封关之后，她在某种程度上隔绝了中原与西域的联系，是文化封闭的见证。自明朝嘉靖十八年起，嘉峪关被关闭，断绝与西域的往来，成为明王朝闭关锁国、故步自封的见证。

这里曾流传着一首歌谣："出了嘉峪关，两眼泪不干，向前看，戈壁滩，向后看，鬼门关。”这里，是明初征虏大将军冯胜筑关设防的地方，是明王朝面对西域缺乏自信蹉跎岁月的见证。今天，嘉峪关精巧严谨的关城、凌空飞檐，楼阁依旧，雄伟壮观，巍然耸立。今天，这里昔日征战厮杀的场景已经远去，左宗棠征讨阿古柏侵略者沿途种下的“左公柳”，在路两旁像少女精心梳理过的秀发，瀑布般地垂下，婀娜多姿。关下，长城沿着黑山逶迤东去，残破的土城墙带着岁月的凝重，拖着迤逦残存的身躯，经年累月的战火铁血激扬已成为历史。

西出阳关无故人

对于西域，在西汉时人们还知之甚少，当时许多民族政权在大大小小的绿洲上建立起来。有的在水草丰美的地方放牧，有的在肥美的绿洲上进行农业生产。西域物产丰富，且盛产良马和美玉。

丝绸之路的开辟，总躲不开一个名字，那就是汉武帝时期的张骞。正是他，带着一百多人的队伍，向着西域出发，试图打通汉王朝与西域大月氏的联系。刚出玉门关，他们一行人即被匈奴俘虏。公元前 128 年，他乘匈奴人疏忽，终于找到了一个机会同甘父逃走。逃走后，他依然不忘使命，继续西行。经车师，进入焉耆，溯塔里木河西上；经过龟兹、疏勒，沿途甚至靠“射禽兽给食”，最终翻越了葱岭，抵达了大宛；经大宛到达康居，在妫水找到了大月氏。虽然他没有实现与大月氏联盟的目的，但他始终不忘使命，历尽千辛万险，甚至在匈奴娶妻生子仍不坠其志，终于“凿空”西域，掌握了大宛、月氏、大夏、康居等西域诸国的地理物产和风土人情。回国后，他率领 300 人组成的使团，带着上万头牛羊驼马和价值千万的金帛货物再次出使西域。

这是人类文明史上的一次盛举，中原文明从此打破西域与内地的隔绝状

草原人家（张清闯　摄）

态，熙熙攘攘的商队伴着叮叮咚咚的驼铃开始跋涉在大漠。内地的丝绸、铁器、炼铁和凿井技术传到西域；西域的骏马、果蔬、音乐、舞蹈等传入内地。丝绸之路，这一中国文化、印度文化、伊斯兰文化、希腊文化交流与融汇的纽带，开始在西域飘拂。

后来，在接触一位研究西域历史的专家时，他对我说，其实在张骞出使西域之前，中原地区已经开始与西域交往，最有名的则是《竹书纪年》《穆天子传》所记载的周穆王西巡的故事。按当时记载，周穆王从宗周出发，行程万里，以观四荒，北绝流沙，到达准噶尔盆地，即“西北大旷原”。见到西王母，然后穆王东归。取道东南，经河西走廊，穿今甘、宁沙漠，复至阴山，循来路返回宗周。周穆王此行往返总计二万五千里，所经山川、泽薮、大原、部族、邦国（特别是西域之地）都有记载。由此可见，早在西周时期，远至今新疆天山一带，已为周朝影响所及。由此可见，中原人民与西域各族人民的友好往来，可以追溯到距今三千多年前。

自张骞出使西域并正式开辟了以长安为起点，途经甘肃、新疆，到中亚、西亚和地中海各国的陆上通道——丝绸之路以来，这条横贯亚欧大陆、绵延数千里的古老商路，便成为中外友好交往的见证。

丝绸之路的起点在长安，随着悠扬的驼铃声，古代的商人和使节从长安出发，沿着河西走廊，到达敦煌，在这里丝绸之路分为南北两条通道。北路出玉门关，经西域都护府（公元前 60 年设立，从此新疆地区正式归在西汉中央政府统治之下）、疏勒，越葱岭，经过大宛、康居（今中亚吉尔吉斯斯坦、乌兹别克斯坦、哈萨克斯坦等地），然后到达俄罗斯南部，甚至更远的东欧地区。南路出阳关，经于阗，越葱岭，过大月氏（今阿富汗）、安息（今伊朗），到达大秦（罗马）。

草原牧歌（张清闯　摄）

由于工作的关系，我曾不止一次乘车行驶在河西走廊，从兰州向西直奔玉门，从小镇到乡村，从乡村到县城，经过青山、田野、村庄、沟壑、阡陌……南边，是连绵不绝的祁连山脉；北边，则是瀚海沙漠群。这里地势平坦，祁连山上积雪融水在戈壁滩中灌溉出片片绿洲，因而成为古往今来从中原通往西域的唯一坦途。

在车上，远处，群山似屏，连绵起伏；近处，田林如黛，巍峨叠嶂。拂去历史的尘埃，依稀可以听到驼铃声、车马声……让人的思绪不禁跨越千年时空。

耳畔，不禁再次响起张骞出使西域的马蹄声，响起玄奘西天取经归来时的诵经声，响起丝绸之路上客商行旅匆匆的脚步声。他们中间，有腰缠万贯的西域富商、有犯颜直谏的流放忠臣、有游走西域的豪爽侠客、有满腹经纶的饱学之士、有急如星火的快马驿使、有修陵建墓的苦力徭役……人们怀着各自的希冀、失望与喜悦，在这条古道上留下了多少斑斑足迹和深沉的叹息……

这条路承载了无数的驼队商旅，他们越过崇山峻岭，越过大漠雪山，将中国的丝绸运往亚欧，将那里的葡萄、胡萝卜、玉石带回中国；中原地区的音乐、舞蹈、绘画等由于吸收了西方文化的优点而变得更加赏心悦目……正是这条路，传播了东西方的古老文化；正是这条路，促进了亚欧的文明交流融汇。

世界文化遗产

如果打开中国地图，在中华民族繁衍生息的土地上，有两条横贯中国版图东西的生命线，一条是东起山海关，贯穿河北、内蒙古、山西、陕西、甘肃、宁夏，到达嘉峪关的万里长城，这条线，既抵御游牧民族的南下，又成为农耕文明自我设限封闭的藩篱；另一条是起于长安向西延伸，直达中亚、西亚和欧洲的丝绸之路。这条路，是民族开放与自信的见证，拓展、延伸华夏文明，对接来自西方的异域文化，成为中华民族走向世界的见证。

一位专家曾对我说，历史上，丝绸之路能否畅通无阻，恰恰是中原王朝兴盛与否的晴雨表，丝绸之路开通于西汉，如果没有当时中原政权的强盛，以雄厚的经济军事实力作后盾，要完成这一伟大壮举是断然不可能的。同样，丝绸之路兴盛于唐初，也是与当时中原文化的自信与包容，国家实力的强盛与当时社会的锐意进取是分不开的。

我曾到过巴州的营盘古城、米兰古城等遗址。在这些遗址中，都有汉代将士屯田的遗迹。有的遗址还出土有册简、汉陶、箭簇、织锦等文物。在较为有名的米兰遗址处，据史料记载，早在西汉昭帝时期，中原政权即在此屯田积谷，中唐以后为吐蕃所据。新中国成立后曾在这里出土大量的吐蕃文木简。1907 年英国人斯坦因在这个曾数个世纪与世隔绝的地方发现了“完全出乎意料”的壁画——有着浓厚佛教艺术形象、源自西方艺术的带翼天使壁画，这也是古罗马艺术向东传播的最远点，成为东西方艺术碰撞的鲜明见证。

丝绸之路的开通，使中原政权第一次全方位放眼于自身以外的世界，放眼四海的开放意识，强烈的进取意识，开拓未知世界的探索精神，使这条道路上使者、商队络绎不绝，把中国丝绸西运，传播着中华文化；把亚欧大陆的文明带入国内，在这双向文化交流中，中国的丝绸成为连接中西文化色彩斑斓的纽带。

然而，这条曾经让人产生无数文明联想的彩色飘带曾经在历史上被阻绝了四百多年。自明朝嘉靖年间封关之后，丝绸之路再也没能重现昔日的辉煌。

关于丝绸之路阻绝的问题，我曾请教过不少专家，他们说法不一，但大多归于战乱。他们说，唐朝与吐蕃开战之后的大多数时间里，除元朝丝绸之路曾回光返照、呈现短暂辉煌外，其他的时间里由于中亚、西亚战乱的影响，多处于隔绝状态。

在查阅史料后，我发现，丝绸之路的兴衰，恰恰与中华民族的整体兴衰紧密相连。而她的兴衰，也绝非战乱单一因素所能解释。

唐代曾是丝绸之路第二次繁荣兴盛的时期，当时的统治者借助国家政治经济军事的全面兴盛，将目光重新投向这条沉寂已久的商道，使丝绸之路在历史的舞台上再次焕发勃勃生机。而且在当时，随着中国经济中心的南移，唐朝已不满足于陆上丝绸之路，从福建、广东沿海地区出发，直达阿拉伯半岛的海上丝绸之路开始走上历史舞台。借助海运，中国商品畅销世界，吸引着世界各国的目光。南宋时期，南宋政权早已无法控制整个西北。西北丝绸之路日益衰落，南方丝绸之路与海上丝路开始兴盛，一艘艘满载着瓷器、丝绸以及友谊的商船，在东南海港列队，扬帆起航，逐渐有取代西北丝绸之路的趋势。

气候变化也带来了丝绸之路的变化。随着楼兰、精绝、尼雅等西域史上繁华一时的丝绸之路绿洲逐渐消失、湮没在流沙之下，丝绸之路作为一条商道也逐渐被历史冷落，慢慢走向衰落。

明朝中后期实行的“海禁”政策，清朝的“闭关锁国”政策，直接导

沙漠骆驼（栾根成　摄）

致中国科技文化水平逐渐落后于世界，而丝绸之路的衰落只是其中的一个缩影。但丝绸之路真正退出历史舞台的时间，是在西方中世纪之后。工业革命的浪潮席卷欧洲各国，中国的各种传统商品再也难以与各种工业产品相竞争，中华农耕文明开始落后于西方航海文明。一位法国学者认为：“在促使古老的丝绸之路遭到遗弃的主要因素中，应提到近代技术工业的诞生和发展，这种工业以代用品取代了来自中国的传统产品。”与此同时，西方的欧洲文明也在此时不断地扩大自己在西亚、中亚的影响，中国在古代世界的主流地位被取代，与西方文明渐行渐远。

2014年6月22日，在卡塔尔多哈举行的第38届世界遗产大会上，中哈吉三国联合申报的古丝绸之路的东段：“丝绸之路：长安—天山廊道的路网”成功申报世界文化遗产，成为首例跨国合作、成功申遗的项目，这标志着这一古老的“飘带”又焕发出新的生机。

驱车行驶在塔克拉玛干沙漠边缘，映入眼帘的是无垠的漫漫黄沙，曾经喧嚣的丝绸之路逐渐归复于平静，在这条路上，无数中西方文化交流的历史故事渐渐被尘沙湮没，沙漠、驼铃、羌笛、红柳……两千多年来，汉、晋、唐、宋、明，匈奴、鲜卑、契丹、蒙古，各个时期、各个民族、各种文化曾在这里碰撞、融合，那些曾艰难行进在丝路上的商队坚实的履痕，那些曾经风靡一时西域歌舞柔美的风韵，那些曾骑马驰骋在古战场上矫健的战士的雄姿，都随着历史的烟云逐渐淡去。丝绸之路，这条曾经充满梦幻色彩的彩色飘带，在新的历史时期，能否再次张扬舒展出她更加夺目的绚丽画卷呢？

我想，是一定的！

五星出东方利中国

精绝，曾是西域三十六城邦之一，随着尼雅河河水断流，这个曾经繁华的西域城邦渐渐消失在流沙之中。1995 年 10 月，中日尼雅遗址联合考察队在精绝遗址中发现了令人充满无限遐想的文物。

在一座贵族墓地，出土物件中有一件一千六百年前的毛织品，上面居然有“五星出东方利中国”八个字，与锦上的孔雀、仙鹤、龙、虎、辟邪等瑞兽(禽)图案相互映衬，显得异常绚烂美丽。

考古队员看着飘扬在被风沙掩埋的尼雅古城废墟上的中国五星红旗，不禁陷入了沉思，“五星出东方利中国”是在一千八百年前，古人对今天中国现实的预言？还是令人震惊的巧合？

作为丝绸之路上的精绝国，早已经湮没在风沙之下。丝绸之路已经淡出历史的舞台，消失在漫天的黄沙之中，还有那西域三十六城邦古老的文化和古道上叮当的驼铃，同样也消失在历史的辙痕里。但是，当历史的车轮进入 21 世纪，如同“五星出东方利中国”的预言一样，古老的丝绸之路又一次焕发出新的、更大的生机。

“一条新丝绸之路经济带正在重新崛起。”2013 年 9 月 7 日，国家主席习近平在哈萨克斯坦纳扎尔巴耶夫大学发表题为《弘扬人民友谊　共创美好未来》的重要演讲，倡议用创新的合作模式，共同建设“丝绸之路经济带”，将其作为一项造福沿途各国人民的大事业。在 2000 多年后的今天，古老的丝绸之路再次以一种崭新的方式向世人发出了时代的召唤。

古老的驼铃声还在耳边回荡，曾经刻下辉煌印记的古丝绸之路掩埋于风沙之下，如何让古老的丝绸之路在新时代焕发神采，成为畅行的大商道，成为繁荣的经济带？随着“丝绸之路经济带”战略构想的提出，世界的目光再次聚焦在这条经济文化交流的大通道上。

历史的进程千回百转到今天，在新的发展时期，丝绸之路经济带的提出，有着更为深刻的现实意义与内涵。今天，在里海，在波斯湾，从中亚到中东，约占世界储量三分之二的石油被发现，亚欧腹地迅速成为世界能源供应中心。古老的丝绸之路、玉石之路、香料之路，华丽变身为石油之路、能源之路，再次成为世人关注的焦点。

“五星出东方利中国”

新疆，位于亚欧腹地、祖国内陆。随着西部大开发战略的实施，新疆在中国向西开放战略中的地位越来越突显。20世纪90年代，东起连云港、西至荷兰鹿特丹的新亚欧大陆桥全线贯通，意味着与古丝绸之路并行、以现代交通为骨架的“新丝绸之路”大动脉由此形成。随着一系列交通工程的实施，新疆的交通瓶颈逐步破解，区位优势日益凸显。新疆还是我国重要的矿产资源大区，矿产种类全、储量大，开发前景广阔。同时，新疆周边国家矿产资源也十分丰富，与我国互补性强，贸易潜力巨大。在实施跨越式发展和长治久安战略中，中央做出了要把新疆建设成为“国家大型油气生产和储备基地、大型煤炭煤电煤化工基地、大型风电基地和国家能源资源陆上大通道”的战略部署。2010年中央新疆工作座谈会也提出“打造中国西部区域经济增长极和向西开放的桥头堡，建设繁荣富裕和谐稳定的美好新疆”的战略要求。“丝绸之路经济带”战略构想，是中央立足国际视野从国家安全和发展战略高度提出来的，这是一个集资源、人才、资金等要素优化配置的平台。“丝绸之路经济带”的实施，为新疆提供了特别重大的机遇。沿“丝绸之路经济带”的合作发展，是新时期新疆实现转型跨越、率先崛起的新动力。

一位专家对我说，新疆未来的繁荣与希望，全部凝聚在丝绸之路上。是的，作为亚洲大陆的腹地，新疆自古以来就是东西方文化交汇相融的中心，世界上没有哪个地方比她更善于吸收多元文化，更善于兼容并蓄。从丝绸之路上骑着骆驼东来的波斯商人，到随左宗棠大军西进的货郎，每一个融入新疆的人，都给这里添上了一抹亮丽的色彩。随着丝绸之路经济带战略的实施，今天，在新的丝绸之路上，阿拉伯商人、驼队发出的阵阵驼铃声，已被天空中翱翔的飞机、戈壁上奔驰的火车、霍尔果斯口岸穿梭的汽车代替。随着越来越多的人流、物流、信息流注入这条色彩斑斓的经济合作飘带，古老的丝绸之路，显得越来越浪漫多元，更加的五彩缤纷，沿线各国、各民族的融合、相通、共荣，促使一条多彩的灿烂的新的文明动脉逐步形成。

诗体游记之二

昆仑行

策马西行，有众山得以仰视
展开翅膀，有长空任其翱翔
月明星稀之夜，谁在拨动暮鼓晨钟
长江与黄河的水声，自云边开散
人间不远，冰川之上，是谁圣洁的神灵
高处风寒，止不住人的攀登
西行路远，有多少肝肠寸断

尘烟渐白浮来，佛似苍生
谁的梦幻出自楼兰
苦色晶莹，黄色无边
千年流淌，消失的何止人间

昆仑神山，何故苍茫如许，百丈既渊
叹世间无常，风轻云淡，思情沁过长夜
丝路驼铃，响的是谁的心颤
如需回望，敬祝来者
心有神明，路平风正

旅游小知识

巴州地貌与气候

巴州地貌分属天山山脉、塔里木盆地东部和昆仑山、阿尔金山等三个地貌区，基本格局似一个大“U”字形。境内有高山、盆地、河流、湖泊、戈壁、沙漠和平原绿洲。

山脉：天山，横亘于准噶尔盆地和塔里木盆地之间，为亚洲最大的山系之一，在州境内长约 950 公里，宽 140~200 公里，走向大致呈北西西向。山间盆地和纵向构造谷地，把整个山系分割成许多山脉和山块。主要有北部的天格尔山、阿拉沟山、霍拉山等。昆仑山，位于塔里木盆地与藏北高原之间，自治州南部的昆仑山为东昆仑山，呈东北西南走向，一般高为 4000~6000 米，最高峰木孜塔格峰海拔 7723 米。东昆仑山北侧，且末以东为阿尔金山，是州境东南部塔里木盆地东端与青海省柴达木盆地之间的界山，由北向东延伸，山脉一般高度为 3000~5000 米，气候干旱，为荒漠山地。

河流：全州共有大小河流 53 条。按河流的发源地可分为天山水系和东昆仑山水系。天山水系的河流主要有开都河、黄水沟、清水河、迪那河、库尔楚河等，滋润着焉耆盆地、库尔勒、尉犁、轮台平原的大片土地；东昆仑山——阿尔金山水系的河流主要有车尔臣河、喀拉米兰河、莫勒切河、米兰河、塔什赛依河、瓦石峡河等，孕育着若羌、且末两地的绿洲。

湖泊：全州境内共有大小湖泊 69 个，总面积 2398 平方公里。主要湖泊有博斯腾湖、罗布淖尔湖、台特玛湖、鲸鱼湖等。位于焉耆盆地东南部的博斯腾湖，东西长 55 公里，南北宽 25 公里，湖水高程 1048 米，水域面积 1001 平方公里，为全国最大的内陆淡水湖。

气候：巴州属中温带和暖温带大陆性气候。其主要特征是：干旱少雨、蒸发量大，日照长。由于全州地域辽阔，地形复杂，高山地区与平原地区，焉耆盆地的北四县与塔里木盆地的南五县（市）之间的气候又有较大差异。高山地区春秋相连，终年无夏，平原地区则四季分明。位于塔里木盆地边缘的库尔勒、轮台地区无霜期长达 194~223 天；位于塔里木盆地东南边缘的若羌地区无霜期长达 181~199 天；且末地区无霜期 185 天左右；位于焉耆盆地的北四县无霜期最短，为 180 天左右。

夏到巩乃斯

第二辑

香梨国都

孔雀城市，香梨国都

库尔勒，美极了，美得像开屏的孔雀。

从天空向下鸟瞰，库尔勒尽收眼底：白杨凌霄，水渠如带，梨园砌翠，荷塘饰丹，恰似开屏的孔雀。

巴州州委、州政府所在地库尔勒市地处天山南麓、塔里木盆地东北边

孔雀河穿城而过

缘，是南北疆的交通枢纽，是巴音郭楞蒙古自治州政治、经济、文化、科技中心。库尔勒市作为新疆确定的全疆重点建设的两大中心城市之一，不仅在巴州国民经济中占有举足轻重的地位，在整个新疆经济发展中，也是居于南疆“桥头堡”的地位，发挥着“承北启南”的重要作用。

这是一座充满魅力的现代城市，既有高楼林立、花灯炫目的都市繁华，又有一池绿水、一片绿色的边塞宁静；既有楼兰文明和土尔扈特文化、罗布淖尔文化的历史渊源，又有“长波绿景如飘带，碧水蓝天映桥影”的水城气派；既有入云天山、巍巍昆仑的雄壮，又有孔雀河水穿城而过、流水潺潺的柔美；既有城外雪峰、草原、大漠、梨园飘香，又有城内绿树、鲜花、水面、彩灯，相映成趣，浑然一体，令人陶醉；既有“半城春水一城绿，三河六岸花满地”的以水为美，以水为魂，又有3000年“生而不死、死而不倒、倒而不朽”的金色胡杨孕育的人文精神；既有多个民族和睦共处、共建家园的佳话，又有石油人挑战沙漠极限，开发建设现代油气田的壮美情怀。

巴州因水而灵动，巴州因水而靓丽。这里以人为本、以水为体、以河为脉、以绿为美、以文为魂，以河串“湖”，以堤串“珠”，融自然风光与人文景观为一体，建设了孔雀河滨河风光带，打造了碧水穿城、林茂花艳、建筑精巧、环境秀美的城市风貌，形成富有滨河特色的风景长廊、生态长廊、文化长廊和休闲长廊。现在，城区绿化覆盖率40.2%，绿地率39.09%，全市人均公园绿地面积10.9平方米，曾经的戈壁荒滩上而今河水潺潺，水鸟翩翩，白鹭舞水乡，让人感慨谁说“春风不度玉门关”春风永在库尔勒！

旅游小知识

库尔勒市不仅是古丝绸之路中道的咽喉之地，更是西域文化的发祥地之一，是新疆巴音郭楞蒙古自治州的首府和政治、经济、文化中心和南北疆重要的交通枢纽和物资集散地，因盛产驰名中外的“库尔勒香梨”，又称“梨城”。全市行政区域面积7268平方公里，有汉、维、回、蒙等23个民族。

库尔勒市历史悠久，是古代西域的属地。三十多年前库尔勒市还是一个人口不过几万的小县城，只有一个十字街道。而现在已经成为一个有四十万人口的繁华大都市，南北疆的交通枢纽，新疆的石油重镇。博斯腾湖水进入孔雀河从铁门关流经库尔勒市，从城区蜿蜒而过，给这座城市平添了几分秀色和几多灵性。

一个有故事的城市

只有身处库尔勒这座城市，时刻感受着城市的变迁，城市文化的流动与渗入，才能体会到这座城市多元的文化底蕴、迷人的西域风情、日益靓丽的城市风景，以及周围大漠、大湖泊、大雪山、大草原所构成的奇幻景色。

在一般人的印象里，新疆，特别是南疆，是封闭而偏僻的地方，是大漠与戈壁所组成的单一色调。走进库尔勒，这座现代而时尚的城市，你很难想象，这是一座处于世界最大的流动性沙漠——塔克拉玛干边缘的城市，同时，又是一座以香梨、孔雀河为文化符号的城市。

知道这座城市，还是在20世纪90年代，那时塔里木油田大会战刚刚拉开帷幕，全国各地的石油工人会聚到这座南疆小城，这座在中国地图上曾经不知名的地标顿时成为全国关注的热点。

下火车后，第一感觉是这里的天空与内地迥然不同。天是那样的蓝，蓝得纯美圣洁；天空中的云彩仿佛流动的速度特别快，像擦着人的心尖流过，像擦着人的神经末梢滑过。那种舒畅、那种惬意让人无法形容，以至过了很久，那种感觉还在，仿佛就在昨日。

与想象中的沙漠草原环绕的城市不同，那时的库尔勒，还没有几座像样的大楼。几条狭窄的街道显得局促、逼仄。除传统的维吾尔族、蒙古族建筑外，与内地县城没有什么差别。从城市中间穿城而过的孔雀河还没有实施绿化工程，河边散乱地种植着榆树与香梨树，枝丫杂乱。地上荒草丛生，唯有清澈见底的河水在石间流过，有几分少女的羞涩，给人以难见的清丽，从此沉入记忆的页面，以至于很久以后，库尔勒在我脑海里流动的就是这汪清冽的河水。

在与当地各族人民的接触中，我深深地感受到他们对这座城市的热爱。一位当地的文化人在我问起这座城市的由来时，充满感情色彩地向我讲起了在当地流传的一个故事：在古代，库尔勒还是一座处于孔雀河边的小镇。小镇里人不多，古树成荫，河流潺潺，生活幸福祥和。那时，库尔勒周边雨水很充沛，每到雨季，孔雀河泛滥的洪水都会淹没这座小镇。有一年雨水特别大，肆虐的洪水冲毁了整座小镇。洪水过后，人们返回小镇重建家园，面对洪水过后低洼的河滩一筹莫展。这时，一只孔雀向河边飞来，端端正正地卧在河滩上。美丽的孔雀把尾巴抖得哗哗响，漂亮的尾巴就像仙女手中的彩扇，慢慢散开，鲜艳夺目，五光十色，映在河水上显得格外美丽。小镇的人们顿时茅塞顿开，仿照孔雀的形状在河边重新修建起一座城市，就是今天的库尔勒。因此，现在从空中看，库乐勒就像一只开屏的孔雀，镶嵌在南疆大地上。

美丽的孔雀与一座南疆小城，这是库尔勒留给我的最初的遐思。

景观：孔雀河风景旅游带——“一树梨花落孔雀”

碧绿宁静的孔雀河缓缓地流过妩媚的南疆小城——库尔勒，不仅哺育了两岸姿态各异、千奇百怪的胡杨林，创造出新疆独特的自然景观，也留给人们一段美丽的传说。

据说很久以前，塔克拉玛干是一片水草丰盛的绿洲，维吾尔语的意思是“过去的家园”，牧民们在这里放牧，过着安乐富足的生活。一条河的岸边，住着年轻的皮匠塔依尔，他勤劳、正直、机智，常常竭尽全力帮助那些有困难的穷苦人们，赢得了大家的尊重。当地一个贪婪的叫作买克巴衣的老爷，他有一个美丽善良的女儿索合拉罕，深深地爱上了这位年轻的皮匠，买克巴衣老爷知道后，竭力阻止，但女儿依然深爱着皮匠，买克巴衣老爷恼羞成怒嫉恨皮匠，买通官府，在漆黑的夜里，一把火烧光了塔依

远眺孔雀河（师羌生　摄）

尔的作坊，皮匠死于大火中，美丽的索合拉罕从此也不知去向。

但在那条河边，人们经常见到一只美丽的孔雀终日停留，似乎在等待和寻觅，有人说，那是痴情的索合拉罕为思念心爱的人而忧伤过度离开了人世，她的灵魂变成了这只美丽的孔雀，终日徘徊在那条河边，在等待着心爱的皮匠，为了纪念这段爱情，怀念这对爱人，人们便把这条河起名为孔雀河。

也有人说，混浊的开都河流入博斯腾湖后，经过澄净，湖水静如壁、绿如蓝。从博斯腾湖溢出一条大河，它河道弯曲，碧波荡漾，在落日夕照下，闪闪发光，像孔雀羽翎那样色彩富丽，因而得名“孔雀河”。

孔雀河起源于博斯腾湖，穿铁门关峡谷流经库尔勒市，是库尔勒市工业、农业、经济的命脉。孔雀河全长785公里，河水一年四季不断流，年径流量12亿立方米，常年流量稳定。孔雀河风景旅游带上起314国道孔雀河大桥，下止英下乡太阳岛，全长约10公里。

诗体游记之三

孔雀河

从此醉去……
荒漠此景当可一醉，一醉
眼里的孔雀，在不可能有
孔雀飞翔的地方
流出了孔雀河
或许，因为云太高
天太蓝，水面
翻起了孔雀的彩屏

渥巴锡打一匹骏马
驰骋万里，满天的雪雨
掩不住归乡的风尘
辽阔的疆域宽不过梦境
梦境里的河流
没有远方，远方是思乡的白云
落在酒里，不是乡愁
就是千年的梦想
归来归去，此生只为一醉
梦里孔雀尽情飞

梨城秋色（师羌生　摄）

塞外明珠山水梨城

在当地朋友的热情接待中，我第一次感受到香梨与这座城市的关联。

“吐鲁番的葡萄、哈密的瓜、库尔勒的香梨人人夸，叶城的石榴顶呱呱。”这是对新疆水果形象生动的概括。虽然在来之前，就听当地同事谈起过库尔勒香梨，但亲身前往梨园时，内心还是充满着渴望。

当地的朋友带我们驱车赶往梨园，远远看到郁郁葱葱的梨园时，就能闻到空气中弥漫的阵阵清香。路上，汽车装的，自行车驮的，行人挑的，都是一筐筐熟透了的香梨。与内地梨不同的是，库尔勒香梨个儿小、皮薄、汁多，咬一口，又脆又甜。梨园里，一群维吾尔族老乡正忙着采摘成熟的香梨。盛着香梨的筐子铺展在地上，阳光透过枝叶照射下来，地上一片翠绿。梨园的主人谈起香梨，脸上溢满兴奋之情："库尔勒香梨，好得很！"

在当地老乡的介绍中，我还知道了当地世代相传的传说。过去焉耆一带并不产香梨，有一个叫艾丽曼的姑娘，为了让乡亲们吃上梨子，她不畏路途遥远、戈壁荒凉，朝东翻越99座山，到过99个地方，骑死99头毛驴，引进99株梨树，在当地栽植。其中只有一株梨树与本地梨树嫁接成功。当梨树上结的梨子成熟时，香气浓郁，随风飘散，乡亲们高兴地称它为“奶西姆提”，意思是喷香的梨子。

陪同的朋友告诉笔者，库尔勒的香梨种植历史已经无法考证，当地有好多树龄在一百年以上的梨树。香梨已经成为库尔勒的文化符号和甜蜜记忆。

晋代学者编撰的《西京杂记》中记载，“瀚海梨，出瀚海北，耐寒不枯”，可见当地香梨至少有2000多年的种植历史。在巴州当地有种说法，《西游记》中的人参果，就是指香梨。据说，香梨传到印度时，印度人对这种来自东方的果实倍感惊奇，称之为“东方圣果”。1924年法国万国博览会1432种梨中，库尔勒香梨仅次于法国白梨被评为银奖，有“世界梨后”之称。1999年在昆明世界园艺博览会上，库尔勒香梨荣获金奖。如

库尔勒香梨（吴龙英　摄）

今，香梨不仅畅销全国，还出口国外。

“春天的库尔勒，半城流水一城花，梨花照水明如玉；秋天的库尔勒，果满枝头香满城，游人如织醉不归。”库尔勒人如此描绘作为“梨城”的库尔勒。据科学化验分析，库尔勒香梨营养价值高，含糖量 10%，每 100 克香梨含维生素 C 约 4.3 毫克，可食用部分达 83.6%。

梨从城出，城以梨名，“梨城”库尔勒早已闻名天下。也正是香梨所带来的美誉，库尔勒有了另外一个名字：“梨城”。

“梨城”，多么生动美丽的名字，正因为有孔雀和香梨的存在，丰富着库尔勒的文化底蕴，才有着“一树梨花落孔雀”的生态意境与人文景观。

孔雀、香梨，库尔勒的人文视点，让人粲然舒目，豁然开怀。

如今的库尔勒，已经成为一座集西域风情和水乡风韵于一体的现代化城市，它既有内地都市的繁华，又有边塞城镇的宁静；既有楼兰文明和丝路文化的历史渊源，又有街区宽敞、道路畅通、高楼大厦鳞次栉比的现代气派；既有入云天山、巍巍昆仑的雄健，又有孔雀河、天鹅河穿城而过，碧波荡漾、月夜泛舟的柔美；既有城外田园、雪峰、草原和大漠风光的交相辉映，又有市内鲜花芳卉、小桥流水、亭台楼阁、光影摇曳的美轮美奂；既有库尔勒香梨驰名中外、天下扬，又有天鹅栖息城市中心，与广大市民相依相伴、和谐相处的动人画卷；还有 23 个民族守望相助、团结和睦、安居乐业、共建美好家园的盛世佳话。

诗体游记之四：

春到南疆

比春来得更早的是风
寒冷还没有完全过去
风就醒来，从戈壁和荒漠上

抽身发芽，比谁的动作都快
集结迅速，蔽日遮天
有王者的气势，立即主宰了
这个世界，弄得太阳灰头土脸
月亮都不敢出来

那些荒原上的好汉，比如狼、秃鹫
金雕，也都悄悄躲了
他们也知道避过风头
再打量一年的时日
其实，在一卷一卷的大风下
谁都没有闲着，你想想就能明白
那些湖泊和河流里的水
从冰碴子下悄悄翻身
开始很慢，他们毕竟被冰
压抑了整整一个冬天，需要
舒展一下腰身，但渐渐就快了

还有那些你看不见的地下水
也在悄悄上移
快到了他们立功的时候
闲在地下的种子和植物的根茎
都在悄悄通气，再等一等
如果有雨水，我们就一齐使劲
实在雨水不来
那个被风吹得满地乱跑的石头
也要说话

一个有文化底蕴的城市

如果不是因为工作、生活来到库尔勒，或许我对库尔勒还停留在“梨城”浅浅淡淡的认识上，更不会近距离感受库尔勒、认识库尔勒，甚至对这里流连忘返。

库尔勒是一个与新疆的山山水水融为一体的城市。由于工作的关系，我曾走过全国许多城市，油城大庆的北国风光之美丽，泉城济南的端庄秀气，江南杭州的人文气息，春城昆明的四季如春，凉都贵阳的少数民族风情，以及塞外明珠银川的迷人风光，但没有一座城市像库尔勒这样，给我留下了丰富甚至是瑰丽的想象。

库尔勒市（马立新　摄）

许多人只要听说“新疆”二字，就会产生一种遥远、神秘、旷古、荒凉的感觉，眼前似乎显现一幕幕沙漠、戈壁、草原、森林的浩瀚景象。然而库尔勒，就是被大雪山、大戈壁、大沙漠、大草原、大湖泊所围绕的城市，人们能时刻感受到大自然对库尔勒的厚爱。在城市南边，是中国最大的塔克拉玛干沙漠，沙丘浩瀚如海；城市北望，则是焉耆盆地，这里水渠纵横，农田万顷，宛若一望无际的华北平原；城市向东，则是中国最大的内陆淡水湖博斯腾湖，层层鳞浪迎风而起，闪烁着美丽的光泽。我最为钟爱的还是由城市驱车向西，这里是中国最大的亚高山高寒草原巴音布鲁克草原，远处天山连绵起伏，纯净的蓝天，草原如一条无垠的绿毯，到处充溢着翠色，轻轻醉入云端。

第一次到巴音布鲁克时，思绪就被这里梦幻般的草原景色融化。绿色的草原，成群的牛羊，奔驰的骏马，一切迸发出勃勃生机。夕阳西下，看到太阳放射出万道光芒，呈现出自然橙色古朴的壮观，心随之展翅飞翔，这或许是今生的约定，而自己，注定要随着那马头琴的天籁去赴这清澈奔放的约定。

天鹅（周德军　摄）

库尔勒是一个有丰厚文化积淀的城市，特殊的地理环境造就了丰富的民族文化。来到库尔勒，首先感受到的是这里丰富而绚烂的民族风情，热情奔放、能歌善舞的维吾尔族人，豪放的马背上的民族——蒙古族，以及保留较多传统文化的回族，共同生活在这片神奇的土地上，整座城市，充满浓浓的西域风情。

这里历史悠久，地域辽阔，民族众多。古代，东西方文化在拥有长达 2000 公里丝绸之路的巴州融合；近代，在伏尔加河流域生活了 140 年、保存着更多传统习俗的蒙古族土尔扈特部落回归祖国，在巴音郭楞大地流传下来楼兰文化、东归文化、罗布文化等历史文化。千百年来，蒙古族、维吾尔族、回族、汉族等民族在巴音郭楞大地和睦相处，继承、创造了巴州绚丽多姿的民族文化。新中国成立后，巴州经济社会发展经历的五次大的融合，又将兵团文化、马兰文化、石油文化等时代特色文化融入巴州文化，从而形成了极具包容性又不失个性的巴音郭楞文化。这些文化交相辉映，构成巴州融合型文化的一个亮点。

库尔勒是一个有格局的多彩城市。曾听当地一位朋友说，库尔勒在蒙古语中是“眺望”的意思，一座以“眺望”命名的城市，显然会有着博大的心胸与情怀。这里，不仅养育了世代居住在这里的人们，而且容纳了来自全国各地的边疆事业开拓者、继承者。

走进这座城市，首先感受到的是城市的变化，这是一座茁壮成长的城市。再次来到这座城市，恍如隔世，“丑小鸭”变成“白天鹅”，库尔勒已蜕变成一座现代都市。曾经低矮的土坯房，被鳞次栉比的高楼大厦代替，眼前不再是乡间那条羊肠小路，而是奔驰着各种现代化车辆的宽阔笔直的柏油马路。而变化最大的，则是这座城市的风景与生活在这座城市的人们。

一花一景，一景一意，春、夏、秋、冬，大街小巷、公园路口，争奇斗艳、婀娜多姿的花卉让人诧异、陶醉、感叹、迷恋：谁说“春风不度玉门关”，春风永在库尔勒！这是库尔勒市精心打造“生态绿化，以花亮市、以花美市”花园式园林城市的又一张亮丽名片。据了解，近年来，库尔勒市连续荣获国家卫生城市、国家园林城市、国家环保模范城市、中国人居环境范例奖、中国优秀旅游城市、全国双拥模范城"六连冠"、CCTV2006中国十佳魅力城市等50多项国家级荣誉称号，是西北地区唯一荣获"五连冠"的全国文明城市，2019年库尔勒市入围全国综合实力百强县市榜单，位列第52。同时，库尔勒市入围全国绿色发展百强县市榜单，位列第42；入围全国科技创新百强县市榜单，位列第56。2012年以来，库尔勒市被列入全国第三批发展改革试点城市、新疆优先发展的三个副中心城市之一。被确定为国家可持续发展试验区、国家智慧城市试点市、新疆创新型城市试点市、新疆综合交通枢纽示范市、新疆统筹城乡综合配套改革试点市。

库尔勒市作为新疆确定的全疆重点建设的副中心城市之一，不仅在巴

人民广场（师羌生　摄）

州国民经济中占有举足轻重的地位，在整个新疆经济发展中，也是居于南疆“桥头堡”的地位，发挥着“承北启南”的重要作用。在城市总体规划中，巴州州委、州政府提出了库尔勒城市建设“三山三带三组团，六轴六廊六绿心”的发展战略，龙山 7 万亩生态林地，像佛掌伸进库尔勒市，加上霍拉山和库鲁克山两座天然屏障，将筑起“三山之城市背景”。强力实施的孔雀河、杜鹃河、白鹭河景观工程，是“三条滨河休闲风光带”。主干道两侧的带状绿地和造景，将形成三纵三横“六条交通景观绿轴”。大库尔勒发展战略为“两个城镇发展带”和“七个组团”，在城市外围和组团间，将搭起六条生态绿化走廊。在其中 3 个组团间，将建 6 片 500 亩的中心生态绿地，形成城市的“六个绿心”。库尔勒市 3~5 年后的主城区，将是一座秀气十足的现代化生态花园城市。

今后，库尔勒市将坚持“创新、协调、绿色、开放、共享”的发展理念，让这座日新月异的“丝路故城”、资源富集的“物资丰城”、风光旖旎的“旅游都城”、山清水秀的“生态美城”、通达四方的“交通便城”、极具潜力的“投资宝城”、和谐稳定的“平安之城”、共创共享的“文明新城”放射出更加璀璨夺目的光彩，向着建成中国西部名副其实的“塞外明珠山水梨城”和“丝绸之路经济带重要支点城市”的宏伟目标阔步前进。

库尔勒市创制的这个城建规划，不是一句诗，却有诗一样的对称、有诗一般的意境。孔雀河，则像一条文化之脉，带动着这座城市的变迁与繁荣。河堤岸悠长弯曲，像一条玉带，把人们的脚步一步一步牵引。夜风习习，夏夜的库尔勒祥和宁静。在异乡，能寻找这样一个心灵寄托之处，真的让人流连忘返。

库尔勒是一个胸怀博大的西域都市，它包容、中和、多彩，它的美很别致，库尔勒人的情感很朴实，很自然。每一个到这里来的人都会迅速融入这座城市，不知不觉地把心留在这座城市，哪怕只是匆匆过客，不管你走了多远，走了多久，你都会时常想起这里，心里惦记这里。

“梨城”夜色缤纷绮丽

“半城春水一城绿，三河六岸花满地”。库尔勒市以水为美，以水为魂，是新疆地区少见的有河流穿城而过的城市。如何建设这座美丽的南疆都市？库尔勒人成竹在胸。

夜幕降临，走进库尔勒已建成的滨河风光带，各个特色景点吸人眼球，让人流连忘返；绿树、鲜花、水面、彩灯，相映成趣，浑然一体，令人陶醉；太阳岛乔灌相拥，河水荡漾，草木葱郁，花灯炫目，别具风情。斜拉式、双悬索公路桥充分展示了“景”“色”“亮”“美”的特点，使之成为孔雀河滨河风光带上的标志性建筑，真正造就了一幅“长波绿景如飘带，碧水蓝天映桥影”的优美画卷。

在库尔勒的老照片中，我曾经看到了几张关于渡口的照片。照片中，可以清楚地看到一座连接河岸和渡船的栈桥，还有停在旁边的渡船，反映的正是往来于孔雀河两岸的渡船工作情景。那时候的库尔勒还不像现在这样有多座桥梁横跨孔雀河两岸，连接两岸交通往往要靠渡船。

而今天，孔雀河不仅建起了多座各具特色的现代化桥梁，而且河堤公园已经成为人们休闲的好去处。河心的天鹅岛，供天鹅栖息，供市民欣赏，画龙点睛、见缝插绿、大胆布局、精细搭配。白鹭河景观旅游带工程形成了水网纵横、绿水环绕、鸟语花香、曲径通幽的亲水人居、生态环境。

近年来，库尔勒市充分发挥滨河优势，密切配合巴州区域中心城市建设，围绕孔雀河大做水的文章，坚持“以人为本、以水为体、以河为脉、以绿为美、以文为魂”的主题，注重以河串“湖”，以堤串“珠”，融自然风光与人文景观为一体，建设了孔雀河滨河风光带，打造了碧水穿城、林茂花艳、建

库尔勒夜景（纪炎昊 摄）

筑精巧、环境秀美的城市风貌，形成富有滨河特色的风景长廊、生态长廊、文化长廊和休闲长廊。

河流，往往是一座城市的生命，是一座城市的名片，更是一座城市变迁的观照与见证。库尔勒因水而灵动，库尔勒因水而亮丽。在孔雀河开发上，巴州始终把沿河周边生态建设视为一项民生工程、德政工程，更将其作为城市精神和文明工程来塑造，提出了“让库尔勒绿起来”的口号，全州开始炸山平壑，利用滴灌技术植树造林，使昔日寸草不生的沿河荒山覆盖了8万多亩绿色，打造成人工生态屏障和生态走廊，成为西北干旱地区植树造林防沙治沙的典范。多年来，巴州突出“以水造市”，做足做活“水韵”文章，库尔勒市现在形成了以孔雀河、杜鹃河、白鹭河、十八团渠、哈拉苏渠、下户渠等“三河三渠”的城市框架。大力推进“湖”边城市园林建设步伐，加快实施孔雀河、杜鹃河、白鹭河景观带精品工程建设，完善提升三条“滨河休闲风光带”的功能，形成了“河在城中、城在水中”的现代生态花园城市新格局。

孔雀河里的天鹅（周德军　摄）

大漠边缘的现代都市

库尔勒市曾经是古丝绸之路上的亮丽明珠，是东西方文明交汇、碰撞的地方，在城市文化构建上，库尔勒如何抢抓机遇挖掘潜力、展现活力、闪耀魅力，不负重托描绘浓墨重彩的一笔？

现在，巴州正充分利用当地历史文化资源，生动有效地阐释新疆历史，包括民族、宗教演变史，通过挖掘历史文化资源所蕴含的精神内涵，培养爱国情感。工作中，他们全力打造体现旅游、生态、历史和民俗文化的支柱行业、特色城市品牌、特色文化精品，凸显巴州文化产业独一无二的特质，切实将楼兰文化、东归文化、胡杨文化等文化品牌打造成为新疆乃至全国的知名品牌。巴州每年都举办东归那达慕旅游文化艺术节，节日期间除举行赛马、赛羊、摔跤等草原体育比赛项目，江格尔说唱、歌咏比赛、篝火舞会等传统文化表演外，还有专场文艺晚会、草原烟花燃放、民族服饰大赛等现代文化娱乐项目，同时还进行经贸洽谈以及民族服饰、旅游纪念品、畜产品、土特产品展销。

香梨，曾是库尔勒市最具特色的文化名片，为了这一资源得以可持续发展，近年来，库尔勒市提出“把荒山变绿园、把城市变花园、把农村变梨园”，高唱“天鹅故乡、幸福梨城、宜居家园”的主旋律，大力推动香梨种植，拓展香梨文化。目前，库尔勒万亩无公害香梨国家农业化标准示范区已通过国家验收，示范区的无公害香梨平均单产增长23%，梨农增收显著。已建立出口认证果园2万多亩，年出口量为4万吨。

巴州好的水土光热资源十分适宜香梨、瓜果、棉花、番茄、红花等经济作物的生长，香梨因其含糖量高、香味浓郁、果肉细嫩、酥脆多汁、便于储藏等特点，号称“果中之王”，远销香港、东南亚、欧美等国家和地区。

梨花盛开的季节，数万亩梨花竞相开放，朵朵雪白的梨花绽满枝头，好像瑞雪悄然而至。每到这个季节，总有远足踏青的人们驻足园中，走访梨家农舍，体验浓郁的梨乡风情。库尔勒因势利导，发展香梨农家乐风情园、旅游业，形成了一道回归自然风光的休闲旅游风景线。

罗布文化、胡杨文化是近年来巴州大力挖掘开发的文化奇葩。州文化部门充分发掘巴州多民族文化底蕴，精心打造“萨吾尔登”“罗布淖尔”“楼兰风情”及回族“花儿”等精品文艺剧目，推进文化旅游商业演出，促进文化对外交流与宣传。通过发展民族饮食文化、民族服饰、民族手工艺产业，广泛开展民族风情民俗乡村体验游和“罗布人村寨”“塔河胡杨林公园”等民俗旅游。规划建设一批民族文化雕塑，推进城市街道、地标建筑命名历史化、民族化、特色化、本土化，提高城市的文化品位。

现代与过去，都市与小城，今天，库尔勒继续演绎着城市的变迁。这些变迁不断反映在热火朝天的建设场面中，反映在一幢幢拔地而起的建筑中，反映在璀璨闪耀的城市灯光里。如果说岁月是一篇韵味悠长、缤纷奇丽的文章，翻看库尔勒城市建设的一段段历史，里面印记的，是一座南疆现代化都市的梦想与荣光。

一个歌声四溢的城市

南疆明珠库尔勒是一座西域历史文化名城，又是一座充满歌声的城市。无论是阳光明媚的白天，还是月亮初升的傍晚，徜徉在库尔勒，一首首回味悠长的草原牧歌，或热情奔放的麦西来甫，或活泼自然的回族花儿，穿过孔雀河的波光粼粼，越过库尔勒老城纵横迂回的小巷，飘过花灯炫目的现代广场，在库尔勒上空恣意飘荡，唱出了这座古老西域名镇的历史韵味、民族风情与团结和谐，唱出了这座城市由金色胡杨孕育的人文精神，由大山、大漠、大戈壁、大草原和梨园建构的壮美情怀。

第一次来到库尔勒的人都能感受到，库尔勒是一座处处飘荡歌曲的城市。人们用歌声表达情感，赞美生活，阐释幸福。这与这座城市的蒙古族、维吾尔族、回族等多民族和睦共生的民族构成有关，也与这座城市千百年来地处丝绸之路南路交会处，多元文化并存、东西方文明交融荟萃的历史背景有关，更与这座城市由雪山、草原、大漠所构成的独特人文地理环境有关。

在库尔勒，每年一度的东归那达慕旅游文化艺术节，是蒙古族最为热闹的节日。这天，人们早早穿上崭新的蒙古袍，骑上骏马，参加那达慕赛马比赛。晚上，则请说唱者演唱英雄史诗《江格尔》，他们和着马头琴或四弦琴悠扬的琴声演唱，浑厚的歌声高亢、悠长，似乎融入了说唱者无尽的思念、向往、爱恋和赞美。唱到英雄江格尔历经的苦难，闪烁的灯光映在说唱者溢满泪水的双眼中，苍凉古老、悠长摇曳的音调把人们带进了雪峰峻岭和草原沼泽之中。史诗《江格尔》是土尔扈特蒙古部落的民族文化瑰宝。传说江格尔两岁时父母被害，他藏在山洞中才躲过一劫。江格尔从小就具有超凡的智慧、高尚的品德、强健的体魄和高强的武艺，他从七岁开始就建功立业，兼并了邻近四十二个部落，被臣民推举为可汗，他领导自己的臣民把部落建成了风光秀丽、人人向往的理想家园。

击掌、响指、抖肩……伴着维吾尔族音乐《亚克西》的欢快旋律，库尔勒中心广场上的麦西来甫爱好者跳起了热情洋溢的舞蹈。“麦西来甫”是维吾尔语“欢乐的广场歌舞”之意，是维吾尔族在重大的节庆活动中举行的一种娱乐歌舞集会。今天，成了库尔勒人每天健身的舞蹈。令人耳目一新的是，在中心广场正在忘情地跳着麦西来甫超过百人的队伍里，一半多为汉族群众，他们每个人脸上都洋溢着笑容，就像一个多民族的舞蹈队。虽然有个别刚学者跳得有些生硬，对音乐节拍把握得也不准，但他们十分谦逊，认真地完成每一个动作。维吾尔族舞者手把手地教汉族“麦西来甫”舞蹈动作和舞步，他们相互间配合默契。

人群中，一个维吾尔族男子带着十几岁的女儿在人群中欢快地穿梭着；一位年轻的汉族女孩和维吾尔族老师结对，背对着背熟练地配合着；一位四十多岁的汉族中年人舞姿随意而夸张，沉醉在歌舞的世界里……正在随着人群起舞的一位汉族年轻人说：“我很喜欢麦西来甫，音乐听起来很亲切，通过学习麦西来甫舞步，我们能走出家门，锻炼身体，投入愉悦身心的文化活动中。”他说，以前他去内地时，内地朋友会带他到舞厅，说你们新疆人能歌善舞，舞跳得一定很棒，弄得他十分尴尬。回来后就跟着维吾尔族舞蹈老师学习麦西来甫，没想到现在越跳越喜欢，一天不跳几曲就觉得像少了些什么。

每到晚上，在中心广场，在孔雀河畔，在公园草地，到处都有跳麦西来甫的人，到处都能看到学跳麦西来甫的情景，这已经成为这座孔雀河畔城市一道靓丽的风景。

“杨柳叶儿尖对尖，尕妹是花中的牡丹，刀山（哈）火海（哎）我不怕，只盼我俩的婚姻成全。”这高亢、悠长、爽朗的“花儿”调子和着人们朗朗的欢笑声在回族社区里飘荡。在库尔勒北面的焉耆县，每年都要举办回族花儿会。一位回族小伙对我说，焉耆回族多是清代以来从西北各省迁徙到这里，他们来到新疆的同时，也带来了河湟花儿。如今，他们家乡的人无论是在田间耕作、山野放牧、外出打工还是路途赶车，只要有闲暇时间，都要唱上几句悠扬的“花儿”。他们常说，“花儿”是心头肉，不唱由不得自家。可见回族乡亲对“花儿”的喜爱程度。如今，随着来到库尔勒市工作、生活的回族群众越来越多，别具特色的“花儿”也在孔雀河边的广场、草地上逐渐多了起来，为这座城市平添了又一份民族风情。

许多人对我说，在库尔勒，不仅能在街头随时欣赏到充满民族特色的歌舞，而且这歌声到了晚上会更为响亮，更为热闹，更能体现出多民族和谐共处、和和睦睦的幸福生活景象。

是啊，库尔勒不仅歌声响亮、动人，更重要的是每个民族的成员都是优秀的歌手。到了晚上，不仅是城市广场，还有社区、公园、河边滩头、街头空地，随时可以看到人们在舞台上展示歌喉的英姿和欢快的舞蹈。不仅是蒙古族的传统歌舞、维吾尔族的麦西来甫，还有内地流行歌曲、经典歌曲、红色歌曲，甚至京剧、豫剧、评剧，在这里都能找到热情的“票友”。一位老人对我说，她所在的歌舞业务团队有二三十人，每个人都有分工，包括音响、乐器和话筒等。只要天气好，她们就会雷打不动地走上街头，这一唱就唱了几十年。歌声让她们越来越年轻，对生活感到越来越幸福。

弯弯的小溪，
弯弯的牛笛，
弯弯的月儿下，
我吹出一首弯弯的小曲。

夜空中已开始点缀点点繁星，从库尔勒街头往居住地走时，一旁的树林里传出了低沉悠扬的蒙古族民歌，让人不禁再次浮想连翩，从各个民族古老的传统文化，到今天的群众性歌咏活动，库尔勒的歌声唱响了几千年，把这座古老而年轻的西域都市唱得越来越年轻、越来越美丽、越来越充满迷人的民族风情与现代时尚。

诗体游记之五：

山花

接近雪线的地方
一片山花开放了，遍野的金黄
映衬着圣洁的雪峰
我突然觉着，只有这样的搭配
才能接近美的殿堂

贴着地面，才发现
这些山花的枝茎
是如此的细小 开出的花朵
如一只硕大的脑袋
被金黄的太阳加冕

我们应该是她的第一拨客人
看得眼睛都睁大了
这是些诚实的孩子
一出世就懂得感恩
天空静默无语
雪峰就在不远处仰视

“眺望”西域现代城市

连续几天的热浪笼罩库尔勒，太阳刚刚落山，众多居民拥上街头，漫步在龙山、孔雀河公园等休闲好去处，沉浸在轻松的消夏氛围里，尽情释放夏日激情。

入夜，孔雀河畔成了欢乐的海洋，三三两两的人群在风帆广场等景观处迎着熙熙微风踱步流连，年轻的舞迷们在露天广场翩翩起舞。一位老人高兴地说：“如今库尔勒城市建设一天一个样，到处是花园、绿地，天气再热，人们出来玩也感到轻松。”

漫步库尔勒街头，最为热闹的是露天消夏夜市。众多餐饮摊贩撑出了太阳伞，人们品尝着风格不同的美味佳肴：维吾尔族的烤肉、手抓羊肉，蒙古族的奶酪、马奶酒，回族的羊肉粉汤、九碗三行子。街头上不同肤色的各民族群众，聚集在一起，共同畅享美味的食品和舒爽的夏夜。在街头夜市，一位女摊主一边张罗着顾客一边说，街道宽了，公园多了，城市美了，街上的人多了，生意自然越来越好做。远远望去，闪烁的灯光，熙攘的车流，热闹的叫卖，勾起了每一位身处其中的人的食欲。

盛夏夜晚，众多的消费者拥向了金三角、汇佳时代天百等消费好去处，柔柔的灯光、凉爽的冷气以及琳琅满目的商品，吸引着众多顾客尽情享受消费购物的乐趣，在商家精心营造的氛围里，释放着夏日的欢畅。

夜色渐渐浓了，远处不时响起了阵阵雷鸣。突然间，道道闪电撕开沉沉的夜幕，如注的暴雨倾盆而下。在孔雀河畔，原先席地、抱膝、密密匝匝而坐的人群，在流光溢彩的夜空中爆发出阵阵欢笑声，街头的人们加快了脚步，孩子们在骤雨中嬉戏、打闹。街道上，人流、车流以及地下跳跃的雨水汇成一条欢快的河流，灯光照耀下的夜色显得格外明亮。

在库尔勒一家学校教书的李老师，正和他的小女儿享受着雨水带来的清凉，“这几天天气闷热，幸亏现在休闲娱乐的地方多，尽管家里有空调，但我们还是愿意在市区转转。”李老师说。

“现在市区里的花园越来越多了，好玩的地方更多，大城市有的我们库尔勒也有，在街上玩着真痛快！”李老师 7 岁的女儿甜甜地说。

一同前往的库尔勒市领导介绍说，孔雀河从库尔勒市穿城而过，河道风光秀丽，河面波光粼粼，但这条曾让无数穿行丝绸之道的商人驻足、饮马、休憩的宽阔河面与碧绿清水，却被密密丛生的杂草和遍地的垃圾覆盖。近年来，库尔勒市委、市政府围绕孔雀河大做文章，实施了孔雀河、杜鹃河、白鹭河景观工程，昔日的戈壁荒滩上而今河水潺潺、水鸟翩翩、白鹭舞水乡。环境好了，各种露天剧场、舞场、名优小吃等娱乐、餐饮场所也多了起来，八方四邻的群众在夏夜蜂拥前往，培育了独具特色的河滩风情文化，不仅使棚户密布、垃圾遍地的河滩舒展成敞亮的临河长廊，而且使孔雀河自然景观与城市建设融为一体，形成了一条城市景观与居民生活和谐相融、充满生机和灵气的绿色观光休闲通道。

“库尔勒”在维吾尔语中是“眺望”之意。这片眺望者的绿洲是丝绸之路中道的咽喉和西域文化的发祥地之一。两千多年前，迤逦而过的丝绸古道将东西方文明融汇于此，历经各民族的辛勤耕耘和共同营造，如今，这片古老的绿洲正闪烁着灿烂的现代光华。

“城市美、事业兴、人气旺、品位高”，这是许多人到库尔勒后留下的深刻印象。在城市建设中，库尔勒人珍爱人文资源之富，以悠久的西域文化为渊源，以城市建设为载体，突出生态环境建设，从而把悠悠古老的西域名城建设成为美丽温馨、文化气息浓郁的大家园。徜徉在欢歌笑语中的库尔勒，人们由衷地感叹，库尔勒一天比一天令人感到舒适、怡人。

西域明珠（马立新　摄）

诗体游记之六：

风扯梨花到窗前

金蟒破雪仑宇间，风扯梨花到窗前；
喜看丝路连天白，笑指天山入云间。
三盘新肴思绪滚，五盏陈酿心浪翻；
春到昆仑九霄汉，天降祥瑞福满园。

传说：丝绸之路上的“梁祝故事”

在古丝绸之道巴州，流传着一个维吾尔族梁山伯与祝英台的故事。

传说古代焉耆王的公主卓赫拉聪慧美丽，虽有许多王公贵族子弟倾心追求，她却恋上勇敢英俊的牧民塔依尔，丞相卡热汗想让自己的儿子当驸马，就唆使人将塔依尔抓了起来。

卓赫拉情急之下，对父王说：“让丞相的儿子和塔依尔一起来，我出题来测试，谁答对了，我就嫁给谁。”焉耆王想看看他俩谁聪明，就答应了女儿。

卓赫拉给他俩出了一道题，限他们三天之内，让宫门外的胡杨树开口唱歌。丞相的儿子抓耳挠腮，三天三夜睡不着觉，却想不出办法，这时，塔依尔不慌不忙地走上去，用那棵胡杨树枝制成了乐器都尔它，深情地弹奏起来。悠扬的琴声让石头听了流泪，大树听了弯腰，云儿听了止步不前，羊儿听了也乖乖地蜷卧在草地上。爱情，让胡杨成了会唱歌的树。

焉耆王放了塔依尔，卓赫拉知道丞相肯定不会放过他们，乘人不备盗了一匹骏马和塔依尔连夜出奔，两人连夜向铁门关外飞奔，这时关门还没有开启，他们只好沿着崎岖的山路艰难行进。丞相派的追兵也赶到铁门关，夜黑风高，沟深崖峭，当他们登上陡坡后，却被一条百米宽的深涧拦住了去路。身后追兵的马蹄声清晰传来，卓赫拉和塔依尔深情地相视片刻，毅然纵马跃起，双双坠入深涧为爱殉情。

后人为了纪念这对生死不渝的恋人，在公主岭上建起了“麻扎”，每年春天，公主岭下梨花盛开，蝴蝶翩翩，人们都说那是卓赫拉和塔依尔在花丛中起舞。

维吾尔族500多行的民间叙事长诗《卓赫拉和塔依尔》就是根据这个凄美的爱情故事创作的，诗中讲述了塔依尔被国王和丞相害死，卓赫拉无意苟活，她站在塔依尔坟前深情地呼唤，坟墓应声洞开，卓赫拉飞身跃下，与塔依尔长眠地下。后来他们被分葬两年，但塔依尔的坟顶长出一朵红玫瑰，卓赫拉的坟顶长出一朵白玫瑰，白玫瑰和红玫瑰越长越旺，最后枝叶相连，在空中迎风飘扬。

第三辑

铁门关西月如练

登上铁门关，眺望丝绸古道，寻史读诗觅岑参，那份况味和辽远充满心间。

铁门关曾是南北疆交通的天险要冲，古代“丝绸之路”中道的咽喉。晋代在这里设关，因其险固，故称“铁门关”，是中国古代二十六名关之一。

铁门关自古以来就是兵家必争之地，关旁绝壁上留有“襟山带河”四个隶书大字，西汉张骞奉命出使西域曾路经铁门关，班超也曾饮马于孔雀河，左宗棠麾下名将刘锦棠曾在此击败阿古柏匪军，故而人们又称孔雀河为饮马河。关楼前，“丝路雄关”四个大字苍劲有力，廓壁上题写着唐代边塞诗人岑参的诗句：“铁关天西涯，极目少行客。关门一小吏，终日对石壁。桥跨千仞危，路盘两崖窄。试登西楼望，一望头欲白。”

读诗忆史望关，古时边关的孤寂与苍凉，守关将军及士兵的豪情与壮志，都跃然心头。顺着诗壁走到尽头，竖立着一块巨大的石头，刻写着“丝绸古道”，作为历史遗迹，至今古道还保留着原来的模样，寂静中仿佛听到驼队行进时的驼铃声、吆喝声，仿佛看到这条路上昔日繁华景象。

而今的铁门关市，已成为兵团二师屯垦戍边的历史见证者，七十余年，二师围绕稳疆兴疆、富民固边、驻边守关，不舍昼夜、踔厉奋发、艰苦创业，已成为南疆重要的农副产品物流基地之一、先进制造业基地和现代宜居军垦文化名城、库尔勒市东联西出的重要门户城郭，彰显了“丝路雄关重镇 军垦生态新城”的独有魅力。

多彩夏日铁门关（刘浩　摄）

丝路雄关的烽火岁月

大多数的时候，孔雀河是寂静的，就像它流过的铁门关市，水面渐趋开阔，伫立河边，轻风徐徐，如同聆听穿越时光的回响，悠远而意味深长。

当我们看向历史，追随并探索时，不难发现，在时间漫长的涓流之中，一处发声，总能带动几声回响。而这回响音韵里，是历史的厚重，是文化的传承。

回响总是在一种坚毅而不失温和的声调下开始的，西汉建元二年（前139)，孔雀河畔，驼铃阵阵，羌笛悠扬，张骞奉汉武帝之命出使西域，历时十几年，跋山涉水、历尽艰辛，打通了汉朝通往西域的南北道路，即赫赫有名的丝绸之路。张骞“凿空”西域，成为丝绸之路的开拓者，被誉为“第一个睁开眼睛看世界的中国人”。他将中原文明传播至西域，又从西域诸国引进了汗血马、葡萄、苜蓿、石榴、胡麻等物种到中原，促进了东西方文化的交流。

吾居之地亦家乡，吾念之地皆故乡，在英雄辈出的时代，先辈们跨越祁连山、天山、昆仑山的迷漫风雪，一路跋涉走进西域，千年的历史回响依旧激荡人心。班超，一个名字，一段传奇。他舍弃了安逸的书斋生活，投笔从戎，奋击绝域，毅然踏上了前往西域的征途。他凭借过人的智慧和胆识，巧妙运用外交与军事手段，联合西域各国共同对抗强敌，将汉朝的势力范围延伸到了葱岭以西的广袤地区。公元91年，班超任西域都护，复置都护府于龟兹。公元94年，班超发龟兹、鄯善等八国兵袭取焉耆、尉犁，国王杀旧立新，西域各国全部归汉，丝绸之路重新畅通。当他因为年老体衰被召回京城时，他仍然牵挂着边疆的安危，为国家献出了自己最后一份力量。他的名字，成为西域的传奇，他的威名，带给我们跨越时空的震撼与敬仰。

诗漾古丝路，文润铁门关。从秦月汉关到唐风宋韵，从大漠孤烟到边塞名城，铁门关是巍巍天险、烽火传奇，也是盛唐诗人跨越雪海荒漠、顶着狂风怒吼、漫卷黄沙蔽日，纵马轮台、放歌天山南北、壮游边塞风情的传奇。在铁门关，沿丝绸之路古道，世家子弟岑参投笔从戎，频繁往来于沙漠雪山，“将军角弓不得控，都护铁衣冷难着。瀚海阑干百丈冰，愁云惨淡万里凝。”他是诗人，漫长的行旅，一路有诗为录：“沙上见日出，沙上见日没。悔向万里来，功名是何物？”来到铁门关，青草长满七月的山坡，野花星星点点，绿树在微风中缓缓摇摆，然后就是无尽的、碧蓝的长空，在这样壮阔又恬静的蓝与绿之中，百年征战，烽烟传檄，何其壮哉。他沿天山南麓跋涉，再过铁门关就到安西了，“银山碛口风似箭，铁门关西月如练。双双愁泪沾马毛，飒飒胡沙迸人面。丈夫三十未富贵，安能终日守笔砚。”岑参的诗，慷慨感怀，雄浑悲壮，瑰丽峭拔，奇情异形，创“边塞诗派”，开一代诗风。

历史一页页地翻过，千年的历史印迹，画里画外的回响，犹如在历史的天空下，记录浑厚之音，穿越了古今。

公元前138年，西汉张骞从这里出关，“凿空”西域，看到另外一个世界。

公元前68年，第一任西域都护郑吉，带兵屯田，在这里迎接匈奴日逐王降汉。

94年，东汉班超在这里筑路修关，是铁门关第一任守将，留下“不入虎穴，焉得虎子”的名言。

631年，唐僧玄奘取经路上，曾在关外“七星寺”借宿。

1771年，土尔扈特部从伏尔加河万里东归，回到祖国母亲的怀抱。

1845年，林则徐勘察农田水利，在日记里留下当时铁门关的记载。

1877年，左宗棠率军收复铁门关，在这里扫除入侵新疆的阿古柏侵略军。

1951年，王震将军在关前山神庙住了三天，拍板建起新疆第一座水电站。

发源于天山的开都河，穿越峡谷流入博斯腾湖，又转了个大弯，西流入关，最终消失于罗布泊，地图上看，宛若昂首展翅的孔雀，松柏、杨柳、刺槐、馒头榆，两岸树木繁茂，绿得耀眼，混交成林，亲密无间。沙漠边缘的胡杨林，在和煦的阳光照射下，一大片一大片金灿灿的胡杨树叶，犹如一块块金砖镶嵌在白云上。又仿佛若汉唐士卒，挺进西域的湘军，新时代的兵团战士，残枝如枪，林涛似鼓，去占领荒山，去涌向戈壁，去浇灌沙漠绿洲。

孔雀河畔的红色基因

从西汉将士屯垦西域，到十万大军出天山，在中华民族漫长的发展史中，每一代人都有自己的担当和使命。茫茫荒漠，千里戈壁，军垦人告别家乡，脱下军装，仗剑扶犁、屯垦戍边，以忘我精神将荒漠变成良田，在沙砾上建起了现代工农业。

这支英雄的部队，就是兵团第二师，其创建的铁门关市，宛若海市蜃楼从戈壁荒漠上拔地而起，成为今天激扬着“兵团精神”和“胡杨精神”、“老兵精神”的现代化军垦新城。“根在井冈山，整编渤海湾；转战数万里，屯垦在天山。”这支光荣的部队，可以追溯到井冈山时期的红军部队。

“根在井冈山”。1930 年 10 月，在湘赣边界萍乡县，新组建了一支红军部队——湘东独立师，这也成为第二师的起源，红军“湘东独立师”改编为红六军团后，长征胜利到达陕北。1937 年 8 月，抗日战争爆发后，红六军团改编为八路军 120 师 359 旅。

“整编渤海湾”。1944 年 11 月，根据党中央指示，由 359 旅主力组成八路军南下支队（第一支队），深入南方敌后扩大抗日根据地，王震任南下支队司令员。1945 年 8 月，抗日战争全面胜利，党中央根据复杂的国内形势，决定南下支队返回延安。历时一年又十个月的“南下北返”和中原突围，部队跨越 8 省，奔袭 27000 多里，被毛主席称赞为军史上的“第二次长征”。经历长途跋涉的 359 旅减员严重，为了应对国民党挑起的全面内战，根据中央军委“扩大部队，应付内战”的要求，经党中央批准，决定到人口稠密的老根据地山东渤海地区组建新军。

1946 年底，由 359 旅 719 团团长张仲瀚和政委曾涤率领的三百多名干部招兵大队，从延安出发，来到了山东渤海地区组建新军。1947 年 2 月

25日，在山东阳信县召开了渤海军区教导旅成立大会，由321名招兵干部和8337名英姿飒爽的青年农民组成的部队，按照华东野战军建制序列，正式命名为“渤海军区教导旅”，这就是第二师的前身。

“最后一碗米送去做军粮，最后一尺布送去做军装，最后一件老棉袄盖在担架上，最后一个亲骨肉送去上战场”。

土改运动中的翻身农民“打老蒋、保家乡”的热情高涨，短短一个多月的时间，在宁津（振华）、商河、惠民、陵县（匡吾）、临邑等县就有8000多名翻身农民参军，出现了“母送子，妻送郎，兄弟争相上战场”的动人场面。

原兵团司令员刘双全是家中独子，按规定可以不去参军，但是，他是村里的民兵队长，为了保卫刚刚解放得来的胜利果实，他毅然告别母亲，别离身怀六甲的妻子带头参军。

宁津县的翻身农民子弟刘华顺入伍前已经订婚，但为了“保卫胜利果实”，他毅然报名参军。刘华顺的未婚妻也很理解他，对他说：“你安心去打老蒋吧，我等着你回来。”为了更好地照顾刘家，刘华顺的姑姑只好按照当地习俗，让刘华顺的姐姐抱着一只大公鸡和刘华顺的未婚妻拜了天地。

教导旅年龄最小的兵刘中玉参军时，只有11岁，他的家庭是一个典型的革命家庭，他的大哥、三姐、表叔都是中共地下党员。自小受到革命思想熏陶的刘中玉，看到哥哥姐姐都去当了兵，于是刘中玉也来到了部队。

经过8个月的军事技能训练后，渤海军区教导旅一路西进，于1947年11月下旬，从山东庆云县一路西进来到河北武安。时任华东军区司令员的陈毅把“渤海军区教导旅”交给了西北野战军二纵司令员王震。交接仪式上，陈毅说：“山东自古出好汉，你们渤海教导旅就是当今的山东好汉！从今天起，我把你们交给王震同志，他率领你们到西北去，保卫党中央、保卫毛主席！”

“转战数万里”。渤海军区教导旅组建后一路西进，经过西北战场十大战役的战火洗礼，从山东渤海湾一直打到甘肃酒泉。

“屯垦在天山”。这支部队遵照党中央和毛主席的命令，西出玉门关，凯歌进新疆，无论是革命战争年代，还是屯垦戍边建设时期，始终不忘初心、牢记使命，以忘我的牺牲精神和艰苦创业实践，与兵团300多万人共同创造和培育了“兵团精神”“胡杨精神”“老兵精神”，在新时代，他们传承红色基因，继承光荣传统，向共和国庄严承诺：“永当维稳戍边战士、永当改革发展勇士、永当绿色生态卫士。”

军垦名城的厚重底色

这是一曲奋击西域、戍守边疆的英雄史诗，一支从井冈山走出的英雄部队，转战万里，挺进西域，在浩渺无垠、沙梁起伏的瀚海戈壁，建造出一座春山如笑、生机盎然的现代新城。

这是一段扎根荒芜、守护河山的传奇岁月，这支经过土地革命战争、抗日战争、解放战争洗礼的军队，就地转业成为军垦战士，住地窝子，吃窝窝头，人拉肩扛，拼搏奋斗，一代接着一代干，凭着对祖国的赤诚之心，在戈壁荒滩上开辟农田，建设工厂，让绿洲不断向沙漠深处延伸。

1947年初秋，由翻身青年农民组成的队伍，开始了一次中国人民解放军军史上整建制最远、最伟大的西征——如一股雄风从渤海湾启程，历时两年多，长驱八千里，直取铁门关。硝烟还未散尽，征衣正待浆洗，为了边疆的安宁，减轻当地人民的负担，1950年的那个早春，这支部队的将士放下肩上的枪，拉起了“开都河畔第一犁”！

苍茫荒野，豕兔出没；挥汗送晚霞，篝火落星辰。那时节，月如钩，风如咽，即使是自古山东多豪杰，也难免涌出一怀思乡愁绪，可纵然“归心千古终难白，啼血万山多是红”，却依然“镜里朱颜都变尽，只有丹心难灭”！

习近平总书记在新疆考察工作时指出：屯垦兴，则西域兴；屯垦废，则西域乱。纵览历代边疆军屯史，常常一代而终。20 世纪的中国共产党人要破这个惯例，实现世代传承，边疆永固。

1950 年 3 月 12 日，时任新疆军区代司令员的王震将军来到库尔勒县，在十八团团长于侠、政委阳焕生的陪同下，踏勘库尔勒大墩子以西的吾瓦滩。将军站在吾瓦滩这片万古荒原上，大手一挥，对于侠、阳焕生说，你们就在这里开垦几万顷土地，建设一个现代化的国营农场。晚上，王震将军在一张军用地图上，从霍拉山和库鲁克塔格山之间的孔雀河流出的峡谷口——艾孜乃至上户、大墩子之间，画出了一条红线，对他们说，

灯火辉煌不夜城（周新明　摄）

为了不跟地方老百姓争利，也为了给新疆的少数民族多办好事，你们今年秋天就在这里挖一条大渠，灌溉即将开垦出来的万顷土地。

1950 年 9 月 15 日，大渠开始施工。工具就是坎土曼、铁锹、十字镐、柳条筐等，但是十八团渠沿线是荒无人烟的大戈壁滩，战士没住处，官兵们就挖地窝子、搭帐篷、野外露营；没水，就用大车和马到几十里外的大墩子驮水，每人每天只有一茶缸，只好不洗脸、不刷牙。由于饮水不足，很多战士嘴上结了痂，尽管如此，大渠上的劳动热情还是空前高涨。战斗英雄宋献银赤膊挖渠，手上打满血泡，晚上背着人悄悄挑破，第二天照常上工。一些战士腿痛抬不动石头，就跪在地上挖戈壁。

有一位叫吴素梅的女战士特别引人注目：她看上去个矮体弱，背运石头往返有 500 多米，她一天能背 17 趟，每趟负重达 25 公斤。还有一位女战士，在背运石头时，背运石头的绳子磨断了，一时找不到绳子，她就把自己的辫子剪下来，当绳子用。

“谁言大漠不荒凉，地窝房，没门窗；一日三餐，玉米加高粱；一阵号声天未晓，寻火种，去烧荒……”在一个冬日上午，一位老兵不声不响走进了劳动队伍。他与干部战士一同搬运冻土块。有一个小战士起身擦汗，突然发现身边有位老兵，仔细一看竟是王震将军，于是他情不自禁地喊出了声：“司令员来了！”战士们一听司令员来了，立刻群情激奋，你追我赶，自发地展开了劳动竞赛。王震将军每次来工地，都不到团部、营部，直接来到工地上，和战士们一起搬运冻土块。战士们怕司令员累着了，就与他争着搬运冻土块。休息时他问战士们：“累不累？”战士们回答：“不累！”王震将军又问：“为什么不累？”战士们抢着说：“为人民服务嘛！”“对！为人民服务累点算什么啰！”以后，十八团的战士们无论碰到什么样的困难、遇到多么艰苦的工作，都会互相学着王震司令员的口气说：“为人民服务累点算什么啰！”

经过八个月的艰苦奋战，1951 年 5 月 15 日，十八团大渠开闸放水，周边几十里内的各族人民都来庆贺。一位 108 岁的维吾尔族老人从 30 里外的家中骑着小毛驴赶来了。老人敲着维吾尔族小鼓，唱着激情的颂歌，

握着战士们的手说:“我活了一百多岁,从来没有见到这么好的军队!”

在十八团渠开闸放水的典礼上,十八团战士们把新修的大渠起名叫“建新渠”,寓意建设新疆的意思。王震将军来到典礼现场后,对干部战士说,这条大渠是你们十八团修的,也是解放军进军新疆修建的第一条大渠,就叫“十八团渠”吧。剪彩后,王震将军纵身跃入水中,动情地对部队干部、战士和老乡们说:“同志们,下来吧,让河水洗去我们战斗的征尘。”随着喊声干部、战士和老乡们纷纷跳入渠水中,欢腾雀跃,当时渠上渠下成了一片欢乐的海洋。

如今的十八团渠已改建为混凝土防渗渠,全长62公里,灌溉着第二师的二十八团、二十九团、三十团和库尔勒市的上户镇、卡尔巴克乡、和什力克乡等大小十几个单位的土地,灌溉面积超过50万亩。与之相呼应的是焉耆垦区解放一渠、二渠的开挖,滚滚天山雪水滋润着万亩良田,也为当地各族群众的农业生产提供了便利。

天山南麓的浩荡春风

“纪念馆里的一件件老物件、一幅幅老照片，就是当年军垦先辈们解放大西北、屯垦天山下的真实记录。”二师铁门关市革命历史纪念馆，解说员动情地说。

在渤海军区教导旅的8000多名山东籍战士中，还有70多名女兵也走进了充满硝烟的战场，经历了战斗洗礼。1948年8月8日，壶梯山战斗刚结束，女兵李星和护士纪淑英就开始往前方赶。当她们路过一个土地庙时，听到里面有动静，李星就大声喝道：“不许动！快出来！”听到喊

声，一个国民党兵吓得颤抖着钻了出来，举手当了俘虏。李星又问："还有人没有了？"俘虏朝土地庙后面喊了一声，又有一个国民党兵举手走了出来。李星给两名俘虏兵宣传了解放军的俘虏政策，并用毛巾给他们包扎了伤口；又掏出身上带的馒头给他们吃。当时只有十六七岁的两个女兵，就这样押着两名俘虏来到了前方的部队。

"没有老婆安不了心，没有儿子扎不了根。"早在部队进军新疆途中，王震将军就在陕西、甘肃、新疆招收了1000多名女大学生入伍，编入第一兵团第2军教导团，为屯垦新疆埋下了伏笔。20世纪50年代初，为使广大浴血奋战的将士安心边疆建设，从湖南、山东等地招募了大批女兵进疆，参加边疆建设。她们进疆后，参加大生产运动和土改运动，许多人成为垦区的第一代医生、教师、拖拉机手，成为建设新疆的一支重要力量，她们就是兵团的戈壁母亲。

荒芜的土地、阳刚的队伍因她们的到来而生动，因她们的到来而有了银铃般的笑声和孩子们的嬉闹！

“呼呼啦啦”“叮叮咚咚”，军营里响起了一片烘炉的燃烧和清脆的打铁声，打造农机具成了边塞最初的工业雏形。随后而兴的矿业、制陶业、制糖业、纺织业、农机制造业、火电水电业渐次成长着。

“大军十万出天山，且守边关且屯田。塞上风光无限好，何须争入玉门关。”这首雄视千古、气贯长虹，富有鸿鹄凌云之势的《感怀》诗，是新疆军垦事业奠基人之一的张仲瀚手书，抒发了他大气豪迈的戍边屯垦志向。他不仅是兵团的主要创始人之一，更是二师的领导者，他的一生富有传奇，出身名门，家风端方，世代诗礼传家，历代才人辈出，可谓出生“大家”。走进革命队伍后，他作风淳朴，素以平易近人著称，无论在战争年代还是和平建设时期，广受下级官兵的尊敬和爱戴，许多传奇故事至今被兵团人津津乐道。

诗言志，词言情。今天再读这首《感怀》诗，仍然可以从字里行间感受到张仲瀚壮怀激烈的豪情和坚定不移的戍边情志。后来谢高忠、史骥、刘丙正等都先后走进了兵团党委领导班子队伍，他们仍然珍藏着张仲瀚手书的七绝《感怀》诗。

《老兵歌》是张仲瀚 1961 年创作、1965 年修订完成的一首长诗，共 32 节，128 行，640 字。《老兵歌》形象描绘了当时兵团的建设成就，深刻表达了张仲瀚对兵团光辉历史的赞美，也憧憬了新疆生产建设兵团的美好未来。

那是一个火红的年代。20世纪50年代末，二师又进入另一个大开发时期。在建成焉耆、库尔勒两大垦区的基础上，1958年又吹响了向塔里木进军的号角，全垦区仅用10个月时间就开荒45万亩，并建成艾沙米尔、大西海子水库和与之配套的恰拉干渠和铁干里克干渠，创造了二师生产发展的又一个里程碑。随之，师部于1960年9月从焉耆移驻库尔勒。

大开发必然迎来又一次大聚集、大发展。20世纪60年代初，1.63万名上海知青带着一股股文明之风、新锐之风从浦江岸边吹到了边陲绿洲。他们的到来，使得些许粗砾的西北大地得到海风带来的甘霖滋养和沐浴。首先感受和获益的，当然就是第一批军垦战士的孩子们。

这是一个来自五湖四海的特殊群体，也就决定了这个群体里的人，最忠诚响应党的号召，既四海为家，又胸怀世界。20世纪60年代以后，二师人执行了兵团所有的援藏、援外任务，仅1968年至1978年的十年间，就两次派出自己的队伍，2533人参加援建中巴公路，16个年轻的生命长眠在了喀喇昆仑的冰峰之间。

进军新疆后，这支始终没有换防的部队屯驻天山南麓，扎根戈壁荒原，一代代军垦人接力奋斗，创造了“人进沙退”的绿色奇迹，在激情燃烧的岁月，在荒原之上开垦边疆新城，用双手托起了铁门关这颗璀璨的“南疆明珠”。天山南麓，春风又至。今天的二师铁门关市，在绿意与芳菲的点缀下，更显繁华与美丽。

一份非凡的时代答卷

一方水土，孕育一个地名；一个地名，承载一方文化。在许多人眼里，古诗“银山碛口风似箭，铁门关西月如练”的意境给了他们臆想中荒凉单一的色彩。

大美铁门关（杜炳勋　摄）

来到铁门关，人们会惊奇地发现，这座城市的底色有着其他城市少有的厚重、豁达与从容。铁门关市的神采、风情、品质，可以在五彩斑斓的颜色中找到印证，而最令人折服的是充满活力的“绿”、红色基因的“红”。

经过半个世纪的发展和积累，当时光的车轮驶入 21 世纪，二师在华夏第一州彰显着“改革发展、社会进步的建设大军；增进民族团结、确保社会稳定的中流砥柱；巩固西北边防、维护祖国统一的钢铁长城的历史担当和光荣使命”。

2010 年 5 月 17 日至 19 日，中共中央、国务院在北京召开了新疆工作座谈会，新疆的发展，又开启了新的航程。2012 年 12 月，经国务院批复，铁门关市正式挂牌成立。二师铁门关市贯彻落实新时代党的治疆方略，聚焦履行维稳戍边职责使命，按照“一城一屏障一示范两基地”定位定向，锚定“产业兴、园区强、城市活、团场富、连队美、职工好”目标任务，坚定不移走高质量发展之路，各项事业取得前所未有的成绩，交出了一份非凡的时代答卷。

修在二师铁门关市群众“家门口”的库铁大道，自 2019 年 7 月通车以来，不仅成为交通运输的主动脉，还带动道路沿线群众发展观光旅游休闲农业。仅 2023 年，G315—36 团—G218 道路、G3012—博古其镇—库尔勒机场道路建成通车，38 团—塔中沙漠公路、38 团二期水利工程等重点项目加快建设，双丰库尔楚站铁路专用线、且末（兵团）民用机场等一批项目前期手续有序推进……昔日只有一条城市主干道的二师

铁门关市，正以四通八达的路网建设筑起经济发展“快车道”。

重大项目建设是推动经济社会高质量发展的“强引擎”，金秋时节的二师铁门关市，塔吊林立、焊花飞溅，随处可见快马加鞭建项目的生动场景，这些项目涉及纺织、化工、建材、新能源、农副产品加工等领域。

下好招商引资“一盘棋”，画好产业集聚“一张图”，全力打造园区、团场一体化协同发展的样板和典范。

他们还从稳投资促消费、保产业链供应链稳定、保基本民生等方面细化出台一揽子政策措施，为项目快速落地和企业发展壮大增添动力，确保了经济社会平稳健康发展。

悠悠万事，民生为大。二师铁门关市坚持把保障和改善民生摆在突出位置，持续实施交通、就业、医疗、住房保障等惠民工程，努力让职工群众的获得感成色更足、幸福感更可持续、安全感更有保障。

二师铁门关市塔里木垦区团镇，地处塔克拉玛干与库姆塔格两大沙漠之间。铁门关市坚持绿水青山就是金山银山的理念，全力以赴推进生态文明建设。10 余年间，这座军垦新城变大变美，建成区面积增加 2.67 倍，现为 11.83 平方公里，昔日黄沙漫漫的戈壁滩，不仅生活配套设施越来越完善，还实现了“抬头见绿”“迈步即到公园”，越来越多职工群众走进城市，走向更加美好的新生活。

满城皆绿色，无处不风景。铁门关市以创建国家园林城市为目标，高起点高标准规划，全民动员、全域创建，形成城水山景交相辉映的城市绿地格局。目前，铁门关市城市绿地面积达 7980 亩，绿化覆盖率 42.1%。该市还持续开展“绣城”行动，通过增添亭廊花架、园林小品、休憩座椅等，营造“一路一特色”街道景观，扮靓城市。团场面貌焕然一新，各族职工群众在相互帮助、发展中，相互交融，形成了独特的地域风情和民俗习惯。

天空湛蓝白云悠悠，将军河水碧波荡漾，漫步铁门关市雁鸣湖公园，近 43 万株各类花卉迎风摇曳，令人沉醉。二师铁门关市坚持生态立师，立足生态功能区发展定位，着力推进“三北”防护林体系建设、塔里木河干流生态综合治理，“十四五”期间，完成沙化土地治理55.14万亩，市森林覆盖率达到22.63%，草原综合植被覆盖率提升至46%。铁门关市还积极发展黑枸杞、梭梭树、四翅滨藜等沙生产业，让绿水青山变成“金山银山”。

雄关绽放（张清闯　摄）

西风起，芦花飘。二十五团的芦花港景区，湖水湛蓝、芦苇摇曳，来自全国各地的游客嬉戏水中，惬意享受着大自然的馈赠。二十四团的天格尔岛，天蓝水碧，绿洲、水泊、飞禽、沙丘相映成趣，景色宜人，孩童玩沙、戏水，年轻人游泳、坐游艇，摄影爱好者忙于捕捉自然景观。二师铁门关市深入实施文化润疆工程，推进军垦文化名城建设，高位推动文化和旅游产业融合发展。目前，二师铁门关市共有国家3A级旅游景区4个，文化旅游、红色旅游、研学旅游、乡村旅游等文旅新业态风生水起，优化了游客“游、购、娱”旅游体验，昔日军垦人，今天华丽转型为文旅产业的开拓者。

从人拉肩扛到机车轰鸣，从寸草不生到良田沃野，从盐碱荒滩到戈壁明珠……铁门关不仅仅是一个地名，更是兵团精神的缩影，是历史的见证，是文化的传承。从古老的丝绸之路到现代的建设奇迹，每一个故事，如同血脉中的歌，流淌在每一个兵团人的心中，激励着他们不断前行。历史的发展总是“螺旋式上升”“蛙跳式前进”。冷寂的戈壁觉醒了，满目的苍凉远去了，丝路古道又开始续写新的传奇，这座军垦生态新城正在浓浓绿意中恣意生长、延展。

铁门关的桥

这里的桥，在延伸路的梦。

岑参曾踏足此地，他以诗人独有的敏感和才华，留下了“铁关天西崖，极目少行客”的千古名句。然而，那只是历史的印记，一段被戈壁沙尘逐渐湮灭的过往。倘若岑参能够穿越时光，目睹今日的铁关西崖，或许他会感慨万分，将自己的诗句修改为“铁关天西崖，芸芸商贾集”。

一

历史的车轮在不断前行，承载着无数梦想者的希望与期待。对于国人而言，最美的理想莫过于精心编织自己的梦，并将这一传统代代相传。梦想，是激励我们前行的动力源泉，是我们在困境中坚守的信念，更是我们追求美好未来的明确方向。

祖父的梦，经过他那一辈人的不懈努力，会在父辈手中得以实现；父辈的梦，通过他们的艰苦创业，又在子女的奋斗中化为现实。而子女们继续传承着，梦想就一代一代在传承中不断发展、超越，为世人留下了无数令人感慨的传奇记忆。

七十载光阴流转，梦想悄然沉淀于孔雀河之畔。而今，这一梦想终于绽放出绚烂的光彩，成为现实。

在辽阔的塔里木，为了满足牧民的需求，推动当地的繁荣与发展，英勇的军垦一代挺身而出，在壮丽的孔雀河上筑就了一座雄伟壮观的木桥。这座木桥长达百余米，犹如一条巨龙蜿蜒于河流之上，气势磅礴，这可是当时各族人民几代人都未曾见过的盛大喜事，人们奔走相告，仿佛整个大地都在欢庆这一时刻。

一座桥筑起了一代人的梦。在过去，每当孔雀河进入汛期，总有过河的村民和孩子被洪水无情吞噬。尽管这片土地饱受缺水的困扰，但水在村民心中，既是生命之源，又是带来恐惧的猛兽。

修桥时，村民还很穷，但穷也挡不住筑梦的步伐，村民把自家传承了几代的上好木料送来架桥，只要为架桥，村民在所不惜，坦荡的心怀让人感动。

崭新的桥，在长河上挺立。清晨，沐浴霞光的牧民赶着牛羊像逛集市一样从桥上通过；夕阳西下，牧归的村民在袅袅炊烟中满面喜色款步移过大桥；赶集的日子，牧民带着孩子赶着驴车、牛车，听着木轮轱辘缓缓碾过大桥，心里的喜荡漾在脸上；孩子们手扶栏杆，看水旋流，看鱼穿梭，看野禽嬉戏，笑声在桥上飞扬，新的梦在孩子们心里诞生了。

二

“大漠孤烟直，长河落日圆。”凄凉的孤烟，时时提醒人们这里村庄寥落，人烟稀少，耕作模式传统落后。

但屯垦人继承的是精神，传承的是品质。集体力量在这里得到空前放大，集约化的能量展示得淋漓尽致。以屯垦为基础，完成了工业化的原始积累，从屯垦中延伸出工业、商业、教育等，社会需要什么，屯垦这棵大树上就能生长出什么，且品质上乘，产品成系列。

工业化、信息化的发展，单纯的屯垦已不能满足屯垦人的梦想，城镇梦迅速膨大，理想在屯垦人的手中又开出了艳丽花朵。

流入新千年的十八团渠，当然不能闲置，她在满足大渠两岸各民族数十万亩耕地灌溉需求的同时，又在新世纪的第二个十年中大放异彩。屯垦人在渠边上建起一座城，一座现代化的新城，宛如沙漠戈壁一夜之间崛起一座玲珑青山，引来西去东来游客啧啧称赞。至此，戈壁沸腾了。年轻的城镇复兴了商业，助推了工业，更生长出巨大的人气。于是，慕名而来的工商巨贾纷纷投资，东联西出，集约化的优势再次展现，地处“一带一路”咽喉要道的屯垦人的智慧化作了科技进步的农机产品，源源不断走出国门，走进了西亚各国。

当然，发展经济的屯垦人，没有忘记自己的使命与本分，不仅在理念和意识上坚守屯垦戍边职责，而且从环境、生态上传承了老军垦的精神和文化。为了时时提醒自己，屯垦人把这座年轻的城市取名叫“铁门关市”，寓意为了边疆的稳定，世世代代扎根边疆，镇守边关。

如今，将军远去了，但将军的嘱托没有忘，国家的使命没有丢。流经铁门关市的这段十八团渠，屯垦人也给它取了一个响亮的名字：将军河。有意义吧？这就是屯垦人的胸怀和气魄。

有河当然就要有桥，水是城市的魂魄，桥是城镇的精灵，有了桥城市才能灵动活起来。于是，将军河成为铁门关市的景观河。为了纪念将军当年带来的这群兵，将军河上架起了形形色色的各式各样的桥梁，桥与河构建了魅惑现代人眼球的景观。

三

桥延伸了路，沟通了历史与现代，给今天的屯垦人呈现了一部厚重的红色历史。

这里的每座桥都有自己的独特个性和气质，不仅长相各异，形制也不一样。它们各自代表了各自的时代，各有各的寓意。当然，三五九旅桥算是比较醒目的一座，也引发了细心人的追问和思考。在“一带一路”的重要节点上，这座桥到底又有何来历呢？

老军垦都知道，一首《南泥湾》，把三五九旅给唱红了。

在中华民族最艰难的抗日战争时期，三五九旅把一片野兽出没的“烂泥洼”，变成了陕北的好江南。毛泽东、朱德、贺龙等老一辈无产阶级革命家都到此视察，并赞不绝口。自己动手，丰衣足食，成为这支部队在南泥湾大生产中创造的第一个杰作。

半个多世纪过去了，三五九旅又到哪儿去了呢？他们还能延续这种英雄传统，创造新的传奇吗？英雄毕竟是英雄，这座新城就是他们今天创造的众多传奇中的一个，屯驻在城里的人，都是三五九旅的子孙。

解放战争时期，三五九旅的老八路解放了大西北，打败了盘踞在西北地区的国民党胡宗南、马步芳部后，一路西进，翻越祁连山，解放张掖、酒泉、玉门，迫使驻疆国民党部队起义，实现新疆和平解放。在新中国成立的礼炮声中，进驻新疆，开启新疆发展的历史新纪元。

革命战士四方志，立志建设新新疆。这就是当时三五九旅将士们的胸怀和志向。他们来到新疆，一切从头开始。头顶星星，脚踏荒原，且守边关且屯田。这个群体中有陕西人，却不恋他们创造的陕北江南；有四川人，却不恋土地肥沃的天府之国；有江浙人，却不恋鱼米之乡的苏杭富庶。他们许多人没有文化，讲不出多少道理，内心里却深藏着一颗忠诚祖国的心。来到天山中段的霍拉山下就定下决心，扎下根，在万古荒原的戈壁滩上盖花园，有些人一生都再没有离开过。

如果把他们每个人的奖章都统计出来，应该超过万枚。

将军生前有首诗说得很形象，“生在井冈山，长在南泥湾，转战数万里，屯垦在天山”。这就是他们，后来将军去世后，骨灰撒在了天山上，与他的这些兵融为了一体，永远坚守在了屯垦人驻守的天山脚下。

这座桥，从南泥湾连接到了现在铁门关，它不仅是一座桥，更是一部历史。

流水悠悠，冲刷了岁月的痕迹，却冲不走人们心灵深处的记忆。

四

军垦桥，与三五九旅桥相距不远，是三五九旅历史的延伸段。

这批来自五湖四海的官兵，多少都带点自己家乡的方言，但会聚在一起，大家都说起了普通话，是带有边疆风味的普通话。这不自觉让人联想到自然界里太阳的七色光，经过充分融合后居然成了白色，与这些来自五湖四海的老战士说普通话是不是有些相像呢？生物学家说人肖自然，这也许就是一个例证吧。

老战士从家乡出来时人人都说方言，习惯、个性、认识、心理，都是家乡哺育的，用现代人的说法，就是土得掉渣。但经过部队熔炉的锤炼，感情、心理、观念都发生了颠覆性的变化。他们接受了革命理想的熏陶，丢掉了小农意识，充分融入部队的大家，融入了国家意识，再经过战争烽火的考验，开阔了眼界，提升了觉悟，实现了从顾小家、保家乡到为大家、保国家的华丽转身。

认识是行动的先导，觉悟有了本质的提升，他们就不再是只会耕作的农民，不再单纯追求“三亩地一头牛，老婆孩子热炕头”的农村生活模式了，他们已经成长为一名合格的革命战士，有了更高理想，懂得奋斗的目的是为国家强盛，为人民富裕。具备了这样的思想基础，虽然他们中的大多数都是从富庶家乡来到荒凉的边疆，却没有人打退堂鼓，没有人当逃兵，都是个顶个的军垦战士。

当八千湘女和数以万计的齐鲁女子融入他们这个集体后，与他们组成了军垦家庭。于是，郭小川笔下便有了这样的诗句：“战士自有战士的爱

大地调色板（周新明　摄）

情：忠贞不渝，新美如画。”共同的目标，不同的省份，却携手哺育了数十万军垦后代，这就是战士的感情，心灵纯洁，胸襟坦荡。是的，在战争年代，在行军途中，他们曾通过前面战士背上背个字、后面战士认知这种方式，识的几个字，毕竟数量有限，难以连字成句，很多人还是连名字都写不了，但这并没有影响他们懂得戍边屯垦的道理，并不影响他们懂得革命战士忠诚的本分。

革命战士自有爱憎的标准，他们懂得既来到革命队伍中，就要对工作负责，为使命担当，这种使命和职责让他们无比自豪地开启了共和国最为壮观和规模最大的屯垦戍边事业。

当时火车才修到兰州，粮食运不进来，用汽车拉运，由于运距长，按照当时的运输条件，从内地运送一公斤粮食到新疆，运输价格是粮价的六倍。百废待兴的共和国根本负担不起二十万官兵的衣食住行。

怎么办？毛主席和党中央针对当时的具体情况，发出了号召，要求驻疆的人民解放军各级官兵一律参加生产劳动。有了理想和追求的战士们没有犹豫，没有等待，自己动手，打造农具。从战场上捡拾的炮弹皮、炸弹片派上了用场。就地建起炉灶，搭起一个个芦苇帐篷；打过铁的当起了铁匠，当过木工的干起了木工活。铁匠把坎土曼一个个打造出来，木工砍来手腕粗的河柳树杆子，经过加工，就是一根光溜溜的坎土曼把子，两样一组装，就是一个像样的农具。

南泥湾的劳模又当上了屯垦戍边的英雄。

每个战士都在践行“自己动手，丰衣足食”的理想和追求。既然当年在南泥湾能够创造传奇，在新疆的万古荒原上，又何尝不能创造更大的奇迹呢？古人能做到的，他们能做到，古人做不到的，他们也能做到。屯垦的号子开始响彻天山南北，开荒的篝火照亮了千年洪荒，屯垦的队伍不仅扎下了根，开垦出了无边的绿洲，还建起了城镇花园，把三五九旅桥延伸到了屯垦的天地。

经过屯垦的艰苦创业和不断开拓，幸福开始沿着军垦桥涌到了每一个战士的家中，涌到了军垦人的心中。谁说创业只有艰苦？谁说开拓只有付出？他们是创业者，他们是开拓人，他们不仅享受了创业开拓的荣誉和甜蜜，还向世界展示了白手起家的丰硕成果。这种成就，是个人的更是集体的，试想，有谁能够个人与集体同享这份举世无双的荣誉和成就呢？我想没有。因为没有巨大的牺牲精神，就不会有丰硕的足以载入史册的成就。那份享受，那份成就，未参与者是不能体会到的。

军垦桥，正是承载着这份巨大的荣誉和成就，从南泥湾延伸到了今天，延伸到了现在。

五

军垦人创业的初衷，不仅是改变荒原，赶走贫穷，更重要的是为新疆各族人民办好事，做实事。在将军河上，你继续沿河漫步，还可以见到九座桥，它们都有自己独特的寓意和历史故事。

当然，看懂了三五九旅桥和军垦桥，对创业桥、敬业桥，就不必多言了。但为民桥、利民桥和安定桥，自是与屯垦戍边有关。边疆地区自古及今都与中原地区经济和科技发展存在一定差异。这批老兵进驻新疆后，为尽快改变现状，在发展自身的同时，又积极帮助地方建党建政，筹建各种经济组织和单位，帮助农村土改和传送先进的耕作模式。

这是新中国成立后的第一个春天，第一野战军二军步兵六师师长张仲瀚在南疆重镇焉耆街上挑担捡拾肥料时，对战士们说，新疆的老百姓种地不上肥料，我们解放军来了一定要帮助他们改变这种落后观念，让他们多积肥料，给土地多上肥料，这样土地才能够多产粮食。

正是有了这样的理念，六师进疆后第一年上演的几大重头戏，都是帮民利民的行动，这种传统一直延续到今天。进疆后的第二年秋天，十八团渠开挖，一个月后，焉耆盆地的解放一渠、二渠相继开挖。兴修水利，给当地的经济发展带来了翻天覆地的变化。

当年的十八团渠开闸放水时，周边四邻八乡的老百姓都来看热闹，人们像过年一样欢庆大渠放水，其中有位百岁老人打着手鼓为人民解放军唱

晒秋（杜炳勋　摄）

起了颂歌，兵地关系可见一斑。这三条大渠至今仍然发挥着不可替代的水利设施作用，灌溉着两大垦区数百万亩土地。

为民和利民凝聚了人心，十八团渠修好后，沿线的老百姓都用上了清凉的渠水，确保了果园增产，作物增收。老百姓心里有杆秤，官兵对他们的好，他们都记在心里。用上了渠水的百姓，心里那个美啊，欢喜都体现在了脸上，感动在心里。每每遇到十八团官兵从门口经过，必须请进屋里喝一杯热茶，吃几个水果，不去，他们就会不高兴。不拿群众一针一线，是部队的纪律，但在这些老百姓面前不好使，你不去，他是真不高兴，真会生气。入乡随俗，也是尊重民族习惯的体现。

把优质的良种无偿送给地方，把开垦的好土地无偿捐献给地方，把最好的技术无偿传授给地方，有利于百姓的事情就做，不利于百姓的事情就不做，这就是官兵朴实的工作作风。

为民桥、利民桥，延伸着这种传统，今天的军垦后代，仍然维护着兵地共建的关系，与地方乡村情同兄弟，往来密切，其乐融融。

六

沿河看桥，让你从荒原一步跨入绿洲。中间的知青桥有一段绕不过去的历史，当然可以把它看作军垦桥的延伸。

创业初期，异常艰辛。天当房，地当床，不是战争年代，却在和平建设时期。要发展没有人不行，接纳知青到团场参加生产建设工作，尤其是接纳大都市来的知青，简直就是一件盛事。充满理想和追求的知识青年，一个个风华正茂，血气方刚，人人都是要知识有知识，要活力有活力，要理想有思想，每个人都有自己青春的偶像，都是追求高尚、纯粹、无私的践行者，都当得起团场最优秀的建设者。这批创造历史的上海知青，来到团场后很快就给团场建设留下了浓墨重彩的一笔。

老军垦没有去过上海。上海对他们来说，就是天堂一样的美丽城市。对待从大都市来的知青，当然也得另眼相待。接受他们的改变是意料之中的事情。他们的到来，割除了一些团场落后的生活习惯。受到现代文明气息影响冲击的老军垦也不能不作出让步，接受文明科学的生活习惯也是人之本能，文明新风迅即改变了老军垦的粗犷和不修边幅的习性，老军垦心甘情愿地接受文明新风的熏陶。

最直接的当然是节假日休息时间，这是上海知青最早提出的一个要求。过去老军垦实行“大礼拜”工作制，工作十天休息一天，知青要求与上海工厂工作时间一致，改为一星期休息一天，工人享有的权利，农场工人当然都会接受。

同时，知青的卫生习惯、穿衣习惯等，都不同程度影响了老军垦，让他们懂得了色彩与时尚有关，美化的生活环境和健康文明生活方式可减少疾病。这期间，许许多多上海生产的各种家具和生活用品陆续走进了军垦人家，成为一种时尚，一种景观。

艰苦付出的老军垦改变了荒原，丰富了这方物质世界，也改变了这里的生产方式。

实现了生产集约化管理和经营，开垦出的万顷农田边直角方，树木成行，俯瞰似棋盘格，平视如桃花园，完全是现实的绿洲方阵。

团场在边疆率先使用机器耕作农田，大幅度提升了劳动生产水平；上海知青带来了新知识，新的生活模式，改变了老军垦的旧理念，带来了精神文明的新风。

大地丰收（杜炳勋　摄）

当时的知青都是细皮嫩肉的花朵，被漠风一吹，水润的脸颊有了细小的纹路，却老练成熟起来。当初把麦子当韭菜，不是传说，真的发生过。被分到炊事班的知青，被班长派去割韭菜，来到地里一看，满地碧绿，高兴得挥开镰刀就割起来，不承想回去叫炊事班长给“严厉”训斥一顿，因为知青把麦苗当成了韭菜。

融入，历练，有文化的知青很快成长起来，数年之后，他们中很多人成长为军垦团队的骨干，走上了教师、领导的岗位，成为一个时代发展的符号。今天活跃在军垦团队中的很多干部和技术骨干，都是这批上海知青的学生。他们理所当然地成为军垦团队历史中文化传播的使者。

七

戈壁、沙漠、盐碱滩，无一不是荒凉的地域，万千年又万千年，都保持着原始地貌，环境艰苦，气候恶劣，历朝历代无人敢涉足。他们的到来，把改天换地变成了实践的成果，变成友好环境、修好自然的模板；人进沙退，不是口号，不是计划，不是目标，是已经成就的现实。敢作敢为是他们的遗风，科学规划是他们的行动，他们创造的历史正在现实中继续延伸，他们书写的历史传奇，已经融入了共和国的精神谱系，这就是几代屯垦人用青春汗水和心血凝练出的“兵团精神”。

还有胜利桥、青山桥等，屯垦戍边事业的成功和成就，是胜利的标志，胜利者当然功在千秋。当走过青山桥，凭栏追思，军垦事业的奠基人，南泥湾的劳模，军垦事业的开创者，他们大都已经隐入青山绿水之间，在人民的心头为屯垦事业竖起了一座无形的精神丰碑。

正如军垦桥上留下的诗句：“汗撒黄沙荒漠拓，血流紫塞雪冰融”，“挥汗边疆描锦绣，屯垦荒野绘桑麻”。这些诗句生动描绘了军垦人的艰辛付出和无私奉献，也展现了他们坚定的信念和不懈的追求。

将军河上的桥是有形的，但军垦事业的桥是无形的，有形的桥连接历史和现实，无形的桥则连接着新老军垦心灵的默契，成为激励新一代屯垦人自觉担负起时代赋予的使命和责任的动力源，成为赓续屯垦文化基因和传统，把屯垦事业不断推向前进的屯垦人不竭源泉。

有形的丰碑矗立在天地之间，屯垦事业无形的丰碑却矗立在数百万军垦人的心中。这些无形的丰碑，不仅是屯垦事业的辉煌见证，更是军垦人精神风貌的生动体现，将永远激励着后来者不断前行，为屯垦事业的繁荣发展贡献自己的力量。

第四辑

回望巴音布鲁克

"富饶的泉水"

在塔里木盆地以北、巍巍天山以南，有一片壮美广阔的草原。这里山川锦绣、水草丰美，马头琴悠扬，蒙古长调飘荡，野鸭、鹭鸶在水面嬉戏，白鹳、天鹅在天空飞翔，羊群像白云一样飘荡，马群像河水一样流淌。在碧草如毡的天鹅湖畔，鲜花像少女一样盛开，歌声像瀑布一样伴着乳香。每当夕阳西下，金色的阳光洒满整个草原，似一片金色的海洋。

这里的人们是 18 世纪从伏尔加河东归英雄的后裔，他们的蒙古包梦幻般地飘浮在草原上，每天都披着清澈新鲜的阳光。在这片壮美殷实的土地上，雄鹰高翥蓝天，骏马奔驰草原，空中天鹅飞翔，人们沐浴在和畅的惠风中，生活安详而悠长。这就是我国第二大草原、全国最大的亚高山高寒草甸草原——巴音布鲁克草原。

巩乃斯沟（周德军　摄）

巴音布鲁克蒙古语意为"富饶的泉水"。这是一个海拔 1500~2500 米的美丽的草原牧场，总面积达到 2.38 万平方公里，草场面积达 2.05 万平方公里，由大、小尤尔都斯山间盆地和丘陵草场组成，草原的面积在中国仅次于鄂尔多斯。这里雪峰环绕，地势跌宕，水草肥沃，风光迷人，闻名全国的天鹅湖就坐落在这里。

生活在这里的蒙古族土尔扈特部落，曾经用血和泪书写了一部豪迈壮阔的东归英雄史，现在，从草原上人们绵长的歌声中，从深沉的东归故事传说中，无不透出东归这一波澜壮阔的史诗的厚重与沧桑，它刺透草原空旷的长空，赋予这片草原以特别的气质和传奇色彩。

诗体游记之七：

天鹅

终于走近了，天鹅湖
多年想见的梦中事物
水波清澈，天映波影
巴音布鲁克，飘散的
是白云，还是仙子

在天边觅食，在云中展翅
这是我梦中的白天鹅
圣洁的仙子
世间美好的事物
一个在天上，一个在人间

天上疑似人间
人间醉落天堂
一条河流相连，只有圣洁的
事物一直相伴

骏马奔驰的草原

1997 年的 7 月，陪同几位记者，经库车走独库公路，初识巴音布鲁克，那时的独库公路经年失修，一面是悬崖峭壁，一面是万丈深渊，道路坎坷不平，一路心惊肉跳，突然进入开阔、绿意葱茏的大草原，特别的神

清气爽。巴音布鲁克的雄浑和壮阔，明丽和清新，无不长时间徘徊在心头，就像草原上的马奶酒，饮过一次之后，那独特的清香就长时间萦绕在心间。

2012 年的 7 月，正是百花盛开的季节。时隔 15 年后，我陪同北京来的几位企业家，再一次踏入巴音布鲁克，就像看望久违的恋人，止不住地心驰神往，过了和静县，远处白雪皑皑的山峰开始诱惑我的视线。

汽车驶进山里，沿着巴仑台河谷行驶在崎岖的山路上。一路上，两侧峡谷陡峭，奇峰耸立，越过茶汗乌苏达坂，眼前豁然开朗，天地逐渐变得开阔，草场也丰茂起来，广阔的草原上，四周银锋突起，高耸入云。放

天山骏马（周德军　摄）

骏马（周德军　摄）

眼望去，近处的草场像绿色的绒布一样舒展，平铺在山上的草场沿山脉起伏，像一道道绿色的褶皱；极目远眺，一望无际的草原像是盖在大地上的绿色毛毯，而那一只只雪白的绵羊，就像在毛毯上点缀的朵朵洁白的花朵。湛蓝湛蓝的天空，像是刚刷洗过的蓝宝石，白云在天空中悠闲地飘散。

行驶在群山中平坦草原中间的道路上，坐在车窗向前眺望，绿色的草沿着地面的起伏，一直漫过天边，像被风吹开抛洒下来的绿色汁液，一层层地朝着山角荡漾而去，漫过低矮的小丘、和缓的洼地，染绿了整个大地。而草原中间的道路，则像一条黑色的拉链，将遍地的绿色缝合起来。

草地上散布着被人誉为“高原之舟”的牦牛，三五成群，悠然自得地啃着酥油草。远处白色的蒙古包，错落有致地分布在小溪边、山坡旁。羊群犹如在草原上飘浮的云朵，漫步在蝴蝶轻舞的绿草红花之间，在牧羊人的驱赶下，散漫地向水草丰盛的山脚移动。草甸中的小湖边，有几只天鹅悠闲自得地傲然挺立。

在一处山丘处，我们一行人下车感受车外清新的空气。走到车外，裹着草香的微风扑面而来，感觉不大，但却强劲，头发被吹了起来。风吹过来，无垠的草地荡起层层微波。大家渐渐远离了车子，融入草海之中。抬眼望去，除了草地就是草丘，除了绿色还是绿色。在满目的绿色之上，是低垂的天空。在这里，天空一点也不高远，远处厚厚的云团在空中飘荡，像是缀满了深沉的思绪。四周除了草地、天空，只有通向远方的公路，安静得好像可以听到白云在空中飘动的声音。这就是巴音布鲁克草原，广阔、温柔，又有别样的风骨。真是“天似穹庐，笼盖四野。天苍苍，野茫茫！”这里的草不高，虽无“风吹草低见牛羊”的景致，却有“浅草才能没马蹄”的神韵。

车向前行驶，白色的羊群渐渐地多了起来，远远地像天空中投下的白云。三五座蒙古包在草海的深处，如同安静地泊着的小船。牛羊三五成群地在坡地上吃草，头也不抬，不用牧人看管，静谧又安详。

草原，自古是游牧民族的家园。史料记载，这片壮美的草原自秦汉以来，先后有乌孙、月氏、匈奴、恹哒、铁勒、突厥、回鹘人在此游牧。地方志学者曾告诉我，巴音布鲁克在蒙古语中意为“富饶的泉水”。巴音布鲁克草原除广阔的平坦绿地外，还有566条山沟，较为著名的有巩乃斯沟、巴仑台沟、巴音郭楞沟等。这里冬季温和、夏季凉爽，成为牧民遮风避雨理想的冬季牧场。这里还有天鹅湖、拜尔湖等较大湖泊7个，阿尔仙温泉、库尔德温泉、哈尔温泉等大小泉眼13处，而开都河、巩乃斯河、阿拉沟河、巴音郭楞河等大小20条河流随意地劈开草原上连绵的绿浪，用纯净的天山雪水，哺育着富饶的草原。

汽车在草原上欢快地奔驰着，不久就又驶入云层缱绻飘荡的山里。草地中，星罗棋布地点缀着无数的湖泊，大大小小的细流，逐渐汇成了奔涌的河流。河水碧蓝，像是一条银色的飘带，把数不清的山峦串连起来。在蓝天白云和花草树木的映衬下，五彩缤纷，绚丽夺目。草原的鲜花层次分明，一茬接一茬竞相开放。当地朋友告诉我，七月到九月的巩乃斯沟，是花的海洋。行走于此，让人陶醉其间，心旷神怡，流连忘返。醉人的更是清晨的氤氲，花草上的露珠欲滴，在初升太阳的霞光照射下，晶莹剔透，闪动着夺目的光芒。

有位作家说过，只有走进草原，才能真正领略她的广阔与包容，她的温柔与多情，她的力量和风骨。我曾无数次为这段文字的力量所触动，只

骏马归栏（栾根成 摄）

有走进草原，才能真切感受到草原之美。那荡漾在胸间的，是对这片神奇土地的挚爱与热望，在祖国这块锦绣版图上，新疆描绘出了何等生动、秀美的风景。

诗体游记之八：

面对草原

面对草原
辽阔的心事充满心间
不知是草原托起了天空
还是天空压低了草原

我看见，不远的地方
天空和草原，执手相连
我尽力向前，想看一看
他们为何如此缠绵
连风都吹不开他们

他们执手相连的地方
一定有天梯，我在想
这时候应该上天堂看看
这样的好事，可不能等死了才做

如果能摘一朵白云
或者是星星，月亮更好
这可是送给亲人
难得的礼物

我为此走了很长时间
离那个美好的地方，还是那么远
又像是那么近，莫非
那只是个梦幻，只是诱惑
我这个充满理想的人

天鹅湖（马立新　摄）

天鹅湖之恋

在辽阔的巴音布鲁克草原上，有一片被蒙古牧民称为“塔格楞湖”（意为“神湖”）的湖泊。每年春暖花开，万物复苏的季节，从非洲南部、印度飞回的数万只天鹅在这里快乐生活、孕育后代，赋予这片美丽的土地以灵秀和清丽。

走进巴音布鲁克，就不能不看天鹅湖。

天鹅湖位于巴音布鲁克草原勒都斯山间盆地，海拔 2400~2500 米，是一个东西长 30 公里，南北宽 10 公里的湖沼。星罗棋布的水域，由河流、湖泊、沼泽、涌泉共聚一起，它占地面积 300 多平方公里，是巴音布鲁克七个湖泊中最著名的一个。这里是天鹅的天堂，有大天鹅、小天鹅、疣鼻天鹅等数万只；还有灰鹤、白鹭、金雕、斑头雁等各种鸟类一百多种；更有灰雁、斑头雁、白头鹞、燕鸥、金雕、胡兀鹫、秃鹫、隼等近10种珍稀鸟类，是国家一、二级保护动物。1986年被批准为国家级天鹅自然保护区，是中国最大的天鹅栖息繁殖地。

有人说，天鹅湖之美，是难以用语言来形容的，更难以用文字来描述。这里有天山山脉纵横跳动的线条，有开都河在草原上恣意流荡的旋律，有舒朗、纯净的天空，成为承载着人们亲近自然梦想的壮美风景。

有人说，这是一幅素淡朦胧清幽美妙的水墨山水画，有着山水画天然的迷朦、疏离的淡雅、纯净的清新和寓乎天山草原之后的飘逸。

更有人说，这里是离天堂最近的地方，在《暗恋如梦了无痕》这本书中，作者曾这样写道："在巴音布鲁克有一片会流泪的草场，它庇护每个求爱的人。"

天鹅湖是由8个大S奇观形成，它不像博斯腾湖那样浩浩荡荡，大湖波光，荷花绚烂，莲影铺展；更不似西湖蒹葭苍苍，湖水茫茫，蒙蒙烟雨中亭台楼榭伫立其间。然而，它就像大自然恣意的写意画，在辽阔的草原上疏离的几笔，勾勒出了一种天生丽质的纯净之美。

站在湖畔极目远眺，整个草原天高气爽，绿草茵茵，繁花似锦，芳香幽幽，一望无涯。然而，在我眼里，这里因为是天鹅的家园，更显得圣洁、高远，雄浑、宁静。

天鹅，在古人眼里，就是一种放飞人生、志存高远的神圣之鸟。鸿鹄，是古人对天鹅的称呼，又名鹄、鸿、鹤、黄鹄、黄鹤、白鸿鹤等。在屈原的《楚辞》中，曾这样描绘天鹅："鸿鹄一举兮，知山川之纡曲；鸿鹄二举兮，知天地之圆方；鸿鹄三举兮，恨苍穹之太低"。三国魏阮籍《咏怀》中曾有名句："鸿鹄相随飞，飞飞适荒裔。"先人们曾用"鸿鹄之志"，用来形容远大的志向。唐代卢肇《鹳鸽舞赋》曾对此有生动说明："况乃意绰步蹲，然后知鸿鹄之志，不与俗态而同尘。"

在景区工作人员的引领下，我们一行人来到了湖畔的天鹅保护站。这时霞光初红，湖水平静。天鹅湖湖面上，一群洁白无瑕的天鹅在慢慢地游动，它们忽而互相追逐嬉戏，忽而抖抖身上的水珠，有的伸长脖子，引亢高歌，有的展开宽大的翅膀，好像要展翅高飞，还有的三五成群，娴静的在水中游来游去。

这时，一只天鹅扑打着翅膀从空中落入水中，波光粼粼，影子在水中荡漾，忽而把头和脖子深深地埋在水里，雪白的尾巴翘起来，像一簇盛开的雪莲……

一群白天鹅，一池碧水，远处巍然耸立的天山，以及天上的七彩阳光……真是一幅美轮美奂的画面。这时，一只天鹅从水中踱步到岸边，弯着脖颈细心妆扮自己，它那优雅、高贵的姿态，陡然给我们带来一股大自然的清新气息。

天鹅，是一种与自然融为一体的动物。在鸟类的世界，她们有着非凡的飞翔本领，在夜间，借助天上的星星即可识别方向，飞过浩瀚无际的大海。她们的飞行高度可以达到9000多米，完全可以跨越高处不胜寒的珠穆朗玛峰。在她们的王国里，自由、平等，没有尊卑贵贱，没有以强凌弱，更没有权势功名。更令人感叹的是，天鹅是纯洁爱情忠贞不渝的象

征。当一对天鹅开始相恋相爱，就不会与其他天鹅交往。它们结伴而行，无论身在何处，不管天际翱翔，水面游荡，都会成双成对，形影不离，相伴终身，至死不渝。

保护站工作人员告诉我一个在当地牧民中广泛流传的故事，一般到了冬天，这里的天鹅便集结南飞，到更为温暖的印度、非洲甚至地中海过冬。在一个寒风料峭、冰雪覆盖草原的清晨，一位牧民忽然发现有两只天鹅在雪地上挣扎着行进。他打马飞奔过去，两只天鹅并未像一般鸟类那样，听到动静便会惊恐起飞，而是一动未动，相互紧紧地依偎着。出于好奇，牧民快步走到近处观看，原来雌天鹅的翅膀受了伤，雄天鹅正在雪地上艰难地照料她。雄天鹅看到牧民的迫近，不顾一切地尖叫着，展翅猛冲过来，试图全力保护受伤的雌天鹅……这对天鹅夫妇的生死之情令牧民深深感动，便把两只天鹅带回家中细心照料，直至春暖花开，天鹅成群结队飞回，两只天鹅再次跃入湖中，自由地在湖面上游荡，不时会见到他们相互追随，亲密地喁喁私语……

巴音布鲁克草原（张清闯　摄）

九阳栖息的史诗传说

当最初一缕天光漫过天山褶皱，巴音布鲁克草原便成了锻打金箔的熔炉。开都河如一条蓝色绸缎，自云霭深处蜿蜒而下，将九曲十八弯的褶皱浸在赤金色的熔浆里。日光照射下的河水泛着青铜器般的光泽，九个浑圆的日影在波纹间浮沉，宛若上古神祇遗落的铜镜。牧人的长调自远方飘来，惊起一群饮水的天鹅，翅尖掠过水面时，搅碎了河汉星辰，也搅动了蛰伏千年的传说。

这里是云端之上的生命诗篇，巴音布鲁克的清晨，总以一场光的仪式开场。薄雾自沼泽升腾，与雪山融水的寒气交织，将草甸染成朦胧的银灰色。倏尔，朝阳刺破云层，万千露珠瞬间化作金色星子，在羊茅草与针茅的叶尖跳跃。天鹅湖苏醒的刹那间，成群疣鼻天鹅振翅掠过水面，羽翼搅动晨光，将倒映的雪山击碎成粼粼的铂金碎片。牧人策马踏过浅滩，马蹄惊起一群蓑羽鹤，它们掠过九曲十八弯的河道，在天空写下婉转的草书。

巴音布鲁克的早晨总带着史诗的质地，这里是天山馈赠给尘世的净土，是蒙古语中“泉源丰沛”的应许之地，更是历史与自然共舞的永恒剧场。当天鹅掠过泛金的草甸，开都河便抖开一匹蓝绸，九道褶皱里沉淀着千年光阴，我站在观景台上，看夕阳正将赤金与胭脂倾倒进蜿蜒的河床，九个浑圆的日影次第浮起，恍若众神遗落的铜镜。在这里，曾经流传着“九个太阳”的传说，是一个融合了自然奇观与民族文化的美丽故事，与新疆巴音布鲁克草原的壮丽景观“九曲十八弯”紧密相联。

巴音布鲁克草原上的开都河蜿蜒流淌，形成著名的“九曲十八弯”。每年秋季晴朗的日落时分，夕阳倒映在河面的九个连续弯道中，宛如九轮金日同时闪耀，这一奇景被称为“九个太阳”。它并非神话中的真实太阳，而是光线折射与河流走向共同作用下的视觉奇迹。

远处的山脊像巨兽的脊骨，在晨色中起伏，风掠过芨芨草丛，带起细碎的沙响。蒙古老牧人告诉我，河湾里住着阿鲁的魂魄。当年八颗毒日炙烤草原，焦土上蒸腾着马骨的白烟。英雄挽起祖传的乌木弓，箭镞沾着萨满祝祷过的马奶酒。弓弦七震，七颗太阳坠成冒烟的陨石；第八箭却凝在弦上——他看见落日熔金里，羊羔正跪乳，母驼在舔舐幼崽。于是那支未发的箭化作第九道河湾，让慈悲与杀伐在波光里永恒对峙。

在卫拉特蒙古史诗中，英雄阿勒坦嘎拉为拯救草原，用神弓射落八个肆虐的太阳，仅留一个滋养万物。残存的太阳碎片坠入开都河，化为九道金光，形成了“九曲十八弯”的奇景，象征英雄精神永存。

还有的神话传说中，太阳神之女怜悯草原干旱，私自将八颗太阳宝石撒向人间。宝石坠入河流，化作八道弯月，与真太阳共同映照，赋予草原生机。天神震怒将她囚禁，而她的泪水化作河水，永恒守护这片土地。

传说中，云霞深处，是太阳神女栖居的冰峰，八颗太阳宝石至今仍在雪线之上闪烁。传说中私自播撒光明的神女被锁在寒玉洞中，可她的泪珠年年顺着冰凌滚落，在开都河里结成翡翠般的漩涡。游牧人赶着羊群涉水时，总要在第九个弯道抛洒奶疙瘩——他们说涟漪荡起的刹那间，能听见云端传来轻叹。

巴音布鲁克的“九个太阳”不仅是光学杰作，更是民族文化与自然地理交织的瑰丽诗篇。若有旅行计划，不妨亲临这片天鹅故乡，感受传说照进现实的震撼。有人将传说中的“后羿射日”与巴音布鲁克关联，认为被射落的太阳藏身于此，形成九个光斑。这体现了丝绸之路上各民族传说的互动与融合。在蒙古族文化中，“九”象征圆满与力量，九个太阳暗含对自然的敬畏与祈福。

正午的草原是色彩的狂欢。紫色的鸢尾花与红色野罂粟在绿浪中翻涌，犹如波斯地毯上打翻的颜料罐。远处，牦牛群如黑色礁石浮沉于草海，牧羊犬的吠声被风揉碎，散作云朵间的絮语。

暮色渐浓，九轮金阳在河面愈烧愈烈，最震撼的当属开都河的日落——夕阳将河水锻造成熔金的河流，九道弯折处仿佛被天神投下九颗太阳，光影交错间，草原成了赫利俄斯驰骋的战车。恍惚间，我望见丝绸之路的商队从光影中走来。汉地漆盒里的后羿传说，遇见草原皮囊中的射日史诗，在驼铃叮当间酿成新的神话。游吟诗人把故事编进十二木卡姆的曲调，让七弦琴在九个太阳下震颤，如同天山融雪漫过戈壁的裂缝。

当暮色彻底吞没九个太阳，牧人的帐篷亮起酥油灯，宛如大地上长出的另一串星斗。牧羊老人在火堆旁敲响单面鼓，唱起一首苍凉的歌："弓弦丈量日影的弧度，奶酒供奉光阴的余温，河流走成九数的图腾……"歌声中，九个太阳的倒影在天鹅翅下重组，凝成草原民族写给苍穹的密信——那里藏着对光明的敬畏，对生命的礼赞，以及所有在神话中得以永续的魂灵。

最后一缕天光收束时，九个太阳忽然连作金链。站在巴音布鲁克草原的边缘，脚下是绵延至天际的绿毯，远处雪山如银冠镶嵌于苍穹，开都河蜿蜒如天神抛下的玉带，将这片土地编织成一首流动的史诗。天鹅振翅掠过水面，翅尖搅碎了河汉，星子便纷纷跌进倒影的褶皱里。牧民帐篷亮起酥油灯，像是大地上长出的另一串星辰。此刻我终于懂得，九个太阳原是游牧民族写给苍穹的情书——用弓弦丈量日影，以奶酒供奉光明，将河流走成永恒的九数图腾。当自然的神迹与人类的遐想在此媾和，草原便成了众神栖居的史诗带。

乌孙公主《悲愁歌》

天鹅是蒙古族人心中美的使者。蒙古族人向来爱护天鹅，并在天鹅身上寄托爱的遐思和用来象征一切美好的事物。他们对天鹅的崇拜以及禁捕、禁杀、禁食的严格禁忌习俗，便是把天鹅作为祖先图腾神从远古一直沿袭下来的结果。深沉的爱，让这里的天鹅自由地栖息、繁衍。

"鸿鹄凌霄汉，明月总相伴"。心里想着这句古诗，这时，一只天鹅飞来，掠过河面，水花溅起，洒在翅膀上，阳光与倒影的交织，清澈、圣洁。

原本我并不知道天鹅湖何时走进了人们的视野，后来的查阅资料才发现，早在西汉年间，这里的天鹅便因为第一位中原王朝与西域王国和亲的细君公主而在文学史上留下了灿烂的一笔。

张骞通西域后，为了得到乌孙的策应，西汉采取与乌孙联姻的政策。公元前110年，江都王刘建的女儿刘细君被封为细君公主，嫁给了乌孙王昆莫，人们称她为乌孙公主。

细君公主是中国历史上第一个嫁到西域的宗室女，汉武帝赐给她车马和皇室用的器物，还为她配备官吏、宦官、宫女、役者数百人，赠送礼品极其丰盛，猎骄靡以刘细君为右夫人。

细君公主生长在江南地区，在异域常常思念家乡，在一个月朗星稀的夜晚，公主坐在开都河畔，思乡怀归之情不可遏止地爆发了，作下了著名的《悲愁歌》(又名《细君公主歌》：

吾家嫁我兮天一方，
远托异国兮乌孙王。
穹庐为室兮旃为墙，
以肉为食兮酪为浆。

亲密无间（焦银辉　摄）

居常土思兮心内伤，

愿为黄鹄兮归故乡。

公主将歌词和着家乡的乐曲唱了起来，婉转动听的歌声吸引了一群天鹅从空中飞落上来，公主教它们唱歌，让它们一路飞，一路唱，把歌声带给远在长安的家人。

从此，天鹅每年都往返于天鹅湖和中原，在夜空中唱着动人的歌曲，公主也与天鹅结下了不解之缘。直到今天，日本还把天鹅叫做“乌孙公主”。

不知不觉间，已经到了傍晚时分，我们来到期盼已久的天鹅湖以东的“巴西力克”山头眺望，从这里，可以看到天鹅湖的全貌，也真正能领略到著名的“九个太阳”的传说。黄昏时分是欣赏天鹅湖的最佳时节。天空中，太阳渐渐落山了，最后把余晖洒向大地，投向天空，云朵被太阳灿烂的光辉染成了耀眼的金色。只见镶嵌在大尤勒都斯盆地的湖面，环环绕进，蜿蜒曲折，湖水平静如镜，被落日照得五彩缤纷波光闪动，成为天然的“九曲十八弯”，如一条修长的彩带从天空中抛下，又像雪水汇聚而成舞动着的飘带，千姿百态地在草原上恣意舞动着身影，如此的雄浑超迈、放犷不羁，如此的粗豪荡笔、率性挥洒，形成了绚丽多彩、迷离神奇的自然景观。

临下山时，不禁再回头望去，和煦的阳光下，湖水、天光、云影、天鹅，构成了一幅“片水无痕浸碧天，山容水天自成图”的天然画卷。蒹葭苍苍，水光渺渺，或许，这里，就是著名的柴可夫斯基芭蕾舞剧《天鹅湖》真正的舞台！

浩荡东归英雄路

早在来到新疆以前，我就看过《东归英雄传》这部电影，对电影中描绘的蒙古土尔扈特人的英雄壮举感佩不已，一种悲壮贯穿于心。当我听说东归英雄的后裔就生活在巴音布鲁克草原时，对这片草原不禁又产生了由衷的敬意。

英国作家德昆赛曾评价说："从最早的历史记录以来，没有一桩伟大的事业能像上个世纪后半期一个主要的民族（土尔扈特人）跨越亚洲无垠的草原东返祖国那样轰动于世界和激动人心的了。"这段悲壮曲折、可歌可泣的西蒙古东归史，还必须从土尔扈特人的历史说起。

历史上，土尔扈特人属于蒙古卫拉特人，曾游牧于叶尼塞河上游一带。卫拉特蒙古在元时称斡亦剌、"外剌""外剌歹"明称瓦剌，清称厄鲁特、额鲁特或卫拉特，国外学者称为"卡尔梅克""克尔梅克""哥尔梅克"。卫拉特人最早以狩猎为生，十三世纪初归附成吉思汗，改营畜牧。在明末清初形成四部，准噶尔部、杜尔伯特部、和硕特部、土尔扈特部。这其中，准噶尔部最为强大，先后兼并了和硕特部和杜尔伯特部，部分和硕特部迁居青海、西藏。

由于内乱外扰、草场拥挤等原因，土尔扈特部与部分和硕特、杜尔伯特人告别故土，来到水草丰美、地域辽阔的钦察草原。最终，经过艰难的跋涉，于 1630 年定居于伏尔加河中下游。在异域生活期间，土尔扈特部

草原（栾根成　摄）

一直没有中断同祖国的联系，他们虽然远离故土，却时刻思念着故土，经常遣使入国，清政府也曾在1714年派遣使者图理琛一行远赴土尔扈特部表达慰问。

西迁后的土尔扈特部在伏尔加河流域生活了140多年，至18世纪70年代，他们又毅然决定返回故土，回归祖国。最主要的原因是不愿忍受沙皇俄国的长期欺压。18世纪，正是沙俄对外扩张时期，沙俄军队持续向伏尔加河与顿河流域推进，部落不断受到侵袭，叶卡捷琳娜女皇通过政治压迫与经济剥削等手段，强迫土尔扈特部归附俄国，俯首称臣。1768年，沙俄叶卡捷琳娜女皇对土耳其发动了大规模战争，除了对土尔扈特部众实施压制、削弱以进行“暗行消灭”的高压政策外，还大规模征召强悍善战的土尔扈特骑兵，参加对土耳其的战争。长年累月的征战，使一个不到三十万人口的汗国，几年间竟然有八万青年死于与自己毫不相干的战场，使每个部落家庭都经受着失去亲人的痛苦。

即便在付出巨大民族牺牲的情况下，沙皇仍然下令凡16岁以上的土尔扈特男子都必须上战场。到十九世渥巴锡继承汗位时，土尔扈特部的生存危机更加严重，沙俄不仅削去汗王对部落统治机构札尔固的领导权，还强迫他们改变原本信仰的藏传佛教格鲁派，而接受东正教的洗礼。这种宗教欺压，激起土尔扈特部全民的愤慨，部落民怨沸腾，东归思潮涌动。

只有漂泊在外的民族，才能体会到拥有祖国的宝贵。备受沙皇俄国欺凌的土尔扈特部众，决心奋起返回祖国。公元1771年1月5日，19岁的土尔扈特渥巴锡汗向牧民们历数沙俄残酷无情的民族压迫，号召部众：“生活在古老的国教、国语的中国同胞那里，和决定今生来世幸福的崇拜之地，盛满宗教佛法神水的汪洋大海的中国”。顿时，辽阔的草原上发出了气壮山河的呼声：“我们的子孙永远不做奴隶，让我们到太阳升起的地方去！”渥巴锡汗率领两万骑士殿后，带头点燃自己的木制宫殿，瞬间无数蒙古包燃起熊熊烈火，17万土尔扈特人舍弃带不走的一切物件，以永不复返的决心携500万头牲畜、辎重浩浩荡荡踏上了归国的艰苦历程。

土尔扈特出发时正值隆冬季节，天寒地冻、寒风凛冽，草原上冰雪覆盖。在这场历时半年多、行程万余里的回归途中，要应对风雪严寒、戈壁沼泽、沙漠等恶劣环境，又要浴血奋战，英勇抗击沙俄军队和哥萨克骑兵的堵截，在沙漠地带甚至喝沼泽之水和牛马之血解渴，在到达伊犁西南塔木哈卡附近时，部众风尘满面，形容枯槁，衣不蔽体。据载，当初出发的17万人中，“其至伊犁者，仅以半计”。仅有8万多人、100多万头牲畜回到祖国，以巨大的民族牺牲，实现了回归祖国的历史壮举。

土尔扈特部的东归，让沙皇叶卡特琳娜二世震惊无比、暴跳如雷，立即派出大批哥萨克骑兵追赶，并派人联系哈萨克人拦截。部众穿过伏尔加河与乌拉尔河之间的草原后，一支队伍被哥萨克骑兵追上，为了掩护队伍中间的妇孺前进，9000千勇士视死如归，与哥萨克骑兵血战，全部壮烈牺牲。

奥琴峡谷是东归必须经过的一个重要的险隘，追击的哥萨克军团早已抢占了这个山口，如不歼灭敌人，就会功亏一篑。在这紧要关头，渥巴锡汗组织骆驼兵从正面发起强攻，背面则由渥巴锡堂侄策伯克多尔济率领枪队包抄，大获全胜，全歼了哥萨克军队，为死难的9000名同胞报仇雪恨。一路上除残酷的激战，土尔扈特部还不断遭到严寒与瘟疫的袭击。战斗伤亡、疾病困扰、饥饿袭击，致使大量减员。但土尔扈特部上下一心：一定要回到祖国去。1771年8月底，土尔扈特部终于冲破沙俄围追堵截，历尽千难万险，行程万余里，进入新疆伊犁境内，投入他们魂牵梦萦的祖国怀抱。

渥巴锡回到祖国后，受到了乾隆皇帝热情接待。皇帝亲自接见，册封渥巴锡为“乌讷恩素诛克图旧土尔扈特部卓里克图汗”，策伯克多尔济被封为亲王，舍楞、巴木巴尔被封为郡王，达什敦多克被封为一等台吉，其余为贝勒、贝子等。同时，乾隆皇帝还下令向土尔扈特人众调拨牛羊20余万头，米麦4万多石、茶2万余封，羊裘5万多件，棉布6万多匹，棉花近6万斤以及大量毡庐等物资，使得饥寒交迫的土尔扈特人重新获得生机。新疆各族人民对土尔扈特部返回祖国予以热忱的欢迎，纷纷捐献物品，帮助他们渡过难关。最后，清政府将他们安顿在今天的博尔塔拉和巴音郭楞地区和静县、和硕县。

离开草原回到住处时，夜幕已悄然降临，长夜开始在寂冷夜空中飘荡。一种悲壮的感觉涌上心头，眼前，似乎能看到两百多年前，十几万土尔扈特人在伏尔加河流域启程，朝着太阳的方向前行，九死不回。远处，似乎又出现东归队伍浩荡人马，旌旗蔽日，长蛇逶迤，响起雄壮的人嘶马鸣的喧嚣声，渥巴锡策马立在队伍之中，高天厚土，浩浩荡荡，王者之风依稀临空。

江格尔魂栖何处

夜晚，我们来到一户牧民家中，远远看去，月色之下，草原上蒙古包的炊烟袅袅升起，一位年轻的蒙古汉子骑在一匹骏马上，手舞套马杆，驱赶着羊群向远方行进。蒙古包旁，一位蒙古妇女正在煮奶茶。茶锅内，淡咖啡色的奶茶沸腾翻滚。

夜色下的草原静谧而安详，忽闪的灯光下，牧民的妻子正忙着为我

天山草场（周德军　摄）

们煮手抓羊肉。一旁的老人拂拭敬献马奶酒、奶茶、点心的红木供。盘腿坐在手工编织的七彩地毯上，牧民的家人分别献上了洁白的哈达，捧上奶酒，唱起了敬酒歌：

没有架子的毡房不能支立，
不敬奶酒怎能表达我们的情意；
为您接风洗尘啊，尊贵的客人，
尝尝吧，这草原的玉液琼浆，
这才是我们迎接您的开始。
……

我们沉醉在这悠扬的长调之中，深切地感受到土尔扈特人的质朴纯真、热情好客。这时，热气腾腾的手抓羊肉已经煮熟，主人切下一块羊肉，双手敬献给北京来的客人。他用手指蘸了一下酒，弹天、弹地、抹额头，而后端起酒来一饮而尽。

感受着浓郁的民族风情，欣赏着毡外迷人的草原夜景，虽然经过一天的奔波，但我们一行人的心都醉了。在广阔、静谧的草原上，在悠然、轻松的节律中，在质朴、醇厚的牧人前，又享受到了久违的宁静与安详。

江格尔齐，说唱江格尔的民间艺人。

一曲马头琴令他激情澎湃，沉醉在流传千年的史诗里，血脉喷涌。

他悠长的声音是瞬间的时光，河流一样宽阔而激荡。此刻，他的灵魂已跃上隔世的骏马，在历史的深处奔驰。

崇尚英雄的民族，崇尚豪迈的牧骑，白云是他们的梦想，草原是他们的家乡。

江格尔齐，时而豪迈，时而激越，时而低沉，时而平静，婉转百折，跌宕起伏，一部英雄史诗，一个民族千年的梦想，优美的旋律源自他的灵魂深处，在巴音郭楞，这个富饶流域里悠扬飘荡。

我想到我的今生，我的来世，我的灵魂只会游走，而江格尔的灵魂会歌唱，那悠远的长调，不管你走了多远，都能召唤你回到自己的故乡。

一个灵魂都会唱歌的民族，多么值得反复咏唱。

这是一个心胸宽广、珍爱万物的民族，蒙古人的民族性格，可以从他们对天鹅的挚爱中充分感受到。在天鹅湖畔，有这样一个令人感慨不已的故事。在一个草原上乌云翻滚的傍晚，年老的牧民巴特正驱赶着羊群向家中走去，在开都河边，一声天鹅凄厉的尖叫声让老人勒住了马缰。他驱马向尖叫声奔去，只见两只恶狼正残忍地追杀一群天鹅。巴特顾不上多想，立即驱马扬鞭追赶过去，两只恶狼放过天鹅，向巴特老人扑来，老人手中并没有携带多余的物件，只有放牧时用的马鞭，他扬起马鞭左抽右打，两只恶狼前后夹击，一只死死咬住马鞭，一只狠狠地咬住老人的右腿，老人左冲右突，连续与恶狼搏斗几个小时，终因体力不支被拖下了马匹。虽然被恶狼咬得遍体鳞伤，但老人用尽全身气力，死死地用马鞭勒住了一只母狼的脖子……

第二天，当牧民找到老人时，只见倒在血泊中的老人还用马鞭勒在死去的母狼脖子上，母狼嘴里沾满了天鹅的羽毛，而一群天鹅，则在开都河边徘徊，久久不愿离去。

蒙古土尔扈特部落是一个崇尚英雄的民族，在土尔扈特民族史诗《江格尔》中，英雄江格尔率领 12 名雄狮、32 名虎将和 8000 勇士降妖除魔、征战四方，创建了一个自由幸福的国度——宝木巴之国。在举世闻名的东归战役中，东归勇士巴尔达纳克坚守一个名叫塞尔克勒图的山谷七天七夜，最终壮烈战死。至今，有关他的歌谣仍在草原上传唱：

心爱的马儿还在塞尔克勒图久久徘徊，
空垂的马镫等待着主人再次踏上，
勇敢的巴尔达纳克却再也没回来，
谁能告诉我啊，
我的亲人他在哪！

在巴音郭楞蒙古自治州，为了纪念光荣的东归历史，每年都要举行“东归那达慕”。它在蒙古民族地区有着悠久的历史。“那达慕”的意思是娱乐、游戏的意思，是蒙古民族地区特有的集民族体育竞赛、文艺演出、

东归那达幕（甄建华　摄）

商品交易、观赏旅游为一体的集会。13 世纪初，成吉思汗统一了蒙古部落，为了检阅自己的部队、维护和分配草场，每年 7—8 月间举行大聚会，为了表示团结友谊和祈庆丰收，都要举行那达慕。元朝时，那达慕已经在蒙古草原地区广泛开展起来，并逐渐成为军事体育项目。

那达慕一般在牲畜肥壮、秋高气爽的黄金季节举行。蒙古族的强悍勇士会进行摔跤、赛马、射箭三项比赛。当晨光洒满大地时，四邻八乡的蒙古族群众身着节日盛装，聚集到美丽草原上，参加那达慕大会。会场上，彩旗飘扬，人闹马嘶，精湛的赛马、摔跤、射箭技艺尽展草原健儿的风姿，平日宁静的草原，变成繁华的盛会。晚上歌舞升平，牧民们跳起了欢快热烈的萨吾尔登，草原艺人拉起了马头琴，悠扬的琴声在草原上空飘荡。如今，"东归那达慕"已经逐渐成为巴州旅游节庆活动的知名品牌，吸引了大批中外游客前来参观。

早晨起来，我们动身离开巴音布鲁克。在车上，我不禁隔着车窗再次回望，只见晨曦的草原披洒着新鲜的阳光，青黛色的烟霭笼罩在银白色的晨曦中。

远处，天宇广渺，青山如黛，草原无垠。这时，耳畔似乎再次响起马头琴的声音，深沉、粗犷、激昂，犹有万马奔腾。仿佛再次走进了土尔扈特部落不屈的民族历史，感受到他们一路走来的艰辛与辉煌。

草原上再次铺满了琴音！

诗体游记之九：

风吹戈壁

一阵阵的大风急驶而来
特别是在春天，遮天蔽日
把石头都吹急了，他们满地乱跑
像是种子要投胎，跌跌撞撞
红柳和胡杨显得更加孤独
他们干枯的枝桠手足无措

可大风是咱这里每年必看的风景
没有大风，没有戈壁
没有满地乱跑的沙子和石头
没有遮天蔽日和昏黄的天空
就不是南疆

大风不知吹了多少年
甚至把许多戈壁都吹老了
而大风还依然年轻
脾气暴烈，喜怒无常
他们和红柳、胡杨一样

是这戈壁并不多见的活物
成为我们永远不舍的情怀
漫不经心的驼铃声
沁入历史的尘烟
一颗种子沉睡了多少年
才从秦皇汉武的马蹄印里醒来
裹着内地丝绸的柔软
从大风中走进新疆的春天

同样的天空、戈壁
在大风里闪现不同的时光
每一颗种子都在生长
连那些最为平凡的石头
稍微有模有样，也被称出
不一样的份量
木卡姆和江格尔
在纵向的历史和横向
的空间里回响，舞动的羊群
在大风里时隐时现

树荫多了起来
一阵紧过一阵的大风
滋润着戈壁、沙漠和草原
石头在生长，它滚动的声音
激越了蒙古人的长调
音韵散落处，长满遍野的青草

旅游小知识

独库公路最佳景点——巴音布鲁克草原

巴音布鲁克草原位于天山山脉中部的山间盆地中，四周为雪山环抱，海拔约2500米，面积22000平方公里，是中国第二大草原，仅次于内蒙古鄂尔多斯草原。

这里地势平坦，水草丰盛，是典型的禾草草甸草原，也是新疆最重要的畜牧业基地之一。水源补给以冰雪融水和降雨混合为主，部分地区有地下水补给，形成了大量的沼泽草地和湖泊。远在2600年前，这里即有姑师人活动。清乾隆三十六年(1771年)，土尔扈特、和硕特等蒙部，在渥巴锡的率领下，从俄国伏尔加河流域举义东归，清政府特赐水草肥美之地给他们，将他们安置在巴音布鲁克草原和开都河流域定居。巴音布鲁克草原上还有栖息着我国最大野生天鹅种群的天鹅保护区、避暑胜地巩乃斯森林公园、拥有可治病温泉的阿尔夏景区等。

草原上绿草茵茵，牛羊成群，群山拱抱，河流如带，地势起伏辽阔，植物种类繁多。这里幅员辽阔，地势平坦，水草丰美，遍地是优质的“酥油草”，哺育着60多万头(只)牛羊，是新疆的牧业基地之一。这里盛产着焉耆天山马、巴音布鲁克大尾羊、中国的美利奴羊和有“高原坦克”之称的牦牛，被誉为“草原四宝”。每到仲夏季节，草原上鲜花盛开，争奇斗艳，羊群似朵朵白云，雪莲花般的座座蒙古包坐落其间。

景观：天山石林

从巴音布鲁克草原向西南行走100公里，登上科克乌苏达坂顶端，放眼望去，在雪峰环抱中，好像有一片原始森林散落在一条深谷两面的山坡上，走近一看，原来不是松柏，而是一片亭亭玉立的“石林”。经过大自然几百万年的洗礼，这沙岩石林被雕塑的千姿百态、光怪陆离。有的宛如座座古堡，有的仿佛行人走兽，栩栩如生；有的像刀枪剑戟，直插蓝天，其间还布满了大窟小洞，通幽曲径。石林地处天山深处，交通不便，反倒成了天然野生动植物的保护圈。

这里流传着一个动人心弦的民间故事，传说很久以前，草原英雄尕腾拜为民除害，追赶一条奇大无比的妖蛇来到石林，在激烈的打斗中，妖蛇突然放出一阵白色的烟雾，转身逃进阴暗的石窟中。英勇的尕腾拜一拳打在石窟顶，砸出了一个天窗，发现了躲在里面瑟瑟发抖的妖蛇，但他的长枪却被窟顶的落石砸倒，掉进了深谷中的鹿镜湖中，并沿着科克乌苏河流走。尕腾拜不由得怒发冲冠，大吼一声，竟使河水改变了方向。所以巴音布鲁克的大小河流，都是由北往南流淌，唯独石林中的科克乌苏河孤独地向北流去，石林的一泓清潭“鹿镜湖”水中有一股浓重的硫黄气味，传说是英雄尕勒腾洗火药时留下的气味，所以以后再也没有妖魔敢进入石林。

天山石林又称奎克乌苏石林，因位于天山山脉西段、那拉提山北麓的奎克乌苏达坂之下而得名，长9000米、宽约5000米，相对高度30米。优越的自然条件，使石林成为野生动物的“世外桃源”，成群结队的大头羊、鹅喉羚，穿梭石林，栖息繁衍。在雪线附近，可采到雪莲、党参、冬虫夏草等名贵中药。

霞映九曲（王斌　摄）

旅游小知识

野生动植物的家园

巴州地域辽阔，自然景观多样，自然生态系统类型齐全，珍稀野生动植物资源较为丰富。典型的自然生态系统：巴音布鲁克沼泽湿地生态系统、博斯腾湖湿地生态系统、原始荒漠胡杨林生态系统、昆仑山—阿尔金山高寒荒漠生态系统。

巴州境内有野生动物 73 种，隶属 6 目 18 科，占全疆野生动物种数的 56%；有鸟类 264 种，隶属 16 目 24 科，占全疆鸟类种数的 74%；有两栖爬行类野生动物 10 种。巴州分布的珍稀野生动物有野骆驼、大天鹅、藏羚羊、雪豹、塔里木马鹿、罗布泊盘羊、白尾地鸦、新疆大头鱼等。主要野生植物有罗布麻、甘草、麻黄草、紫菜、党参、雪莲等。

第五辑

楼兰故城，失落的文明

被风沙颠覆的城市

青海长云暗雪山，孤城遥望玉门关。

黄沙百战穿金甲，不破楼兰终不还。

胡瓶落膊紫薄汗，碎叶城西秋月团。

明敕星驰封宝剑，辞君一夜取楼兰。

到新疆来，我曾不止一次翻阅王昌龄的《从军行》，在这位唐朝著名边塞诗人的豪情中，“楼兰”是躲不过的名字。

对于楼兰，许多中国人都有一种莫名的悲凉情怀，这不仅仅是古西域的一个地理名称，她承载的，还有今人对华夏文明兴盛时期的文化缅怀，有对西域壮士英雄的追忆崇尚，有对被历史的沧桑淹没的层层文明的感

斯文·赫定拍摄的楼兰遗址

楼兰遗址“三间房”

触，还有对人类文明在大自然面前飘浮不定的深沉感慨。

古楼兰位于今新疆巴州若羌县罗布泊西岸，是全球最荒凉的地区之一。早在2000多年前就已见诸文字的楼兰，在丝绸之路南线上作为中原地区与波斯、印度和罗马帝国文明交流的中转站，当时曾是世界上开放、繁华的城市之一。然而在西晋时期，公元500年左右，她却一夜之间从历史文献中神秘消失，成为一个历史之谜。

时光漫过历史，风沙颠覆了城市。在悄然消失一千多年后，随着新疆上世纪初地理大发现的热潮，悄然退出历史舞台的楼兰故城又掀开神秘的面纱。追寻着斯文·赫定的探险足迹，无数探险者与考古学家不远万里来到楼兰，茫茫银沙之下，高耸的佛塔和残垣断壁静静地伫立在荒野之中，深沉而忧伤，仿佛在诉说着人类未知的神秘和无奈，使人再次产生对“沧海桑田”的无限感慨。

诗体游记之十：

楼兰

三间房是给谁住的
最后留给了谁
又让日月星辰，一住千年
有多少风月经过
谁曾留连

那座佛塔是谁盖的
谁是最后一个做佛事的人
佛已西遁，来世无踪
去留无影，空留遗痕
刻在谁的心中

那些饰品装饰了谁
留下了一个经典的词句：
楼兰美女
一个梦中的世界
一个久远的期待
一个虚幻的美丽
竟成为永恒

那些风是谁留下的呼唤
戈壁上的沙砾

究竟见证了什么
一段时间的消亡
一个时代的沧桑
一场繁华的陨落
自然的魔力制造了多少
生机、富足、奢华
捎带了多少苦难、贫穷和消亡
又让多少鲜花陨落

时光已枯，洪流途穷
明月空照，江山易逝
神秘楼兰，谁的家园
斗转星移，世事沧桑
一段美丽往事，空留人间

盛极一时的楼兰文明

尽管来新疆之前，就对楼兰充满了好奇，但与楼兰的第一次会晤却是在来新疆两年之后的2013年8月。

虽然长时间里为不能到楼兰膜拜感到几许的怅然，但通过查阅当地的史志资料，对古楼兰国在历史上的盛衰起伏有了大概的了解。

据考古发现，早在6000年前的石器时代，罗布泊地区就有人类活动。曾经创造了西部灿烂文明的敦煌、哈密、鄯善、吐鲁番、若羌都处于罗布泊周边地区。当时，处在古塔里木河下游注入罗布泊的入湖三角洲上的楼兰国，是中原地区与西域联系的要冲，成片的胡杨林构筑了坚固的防风林。

地理位置优越，生态环境优美。这片绿洲的居民，由逐水草而居的游牧到此定居，建筑城廓，拓荒耕地，种田放牧，楫舟打渔，生活富足而安乐。

这是一个自给自足、人口不多的西域城邦。城都在汉朝以前，并不为中原王朝所知。直到张骞出使西域时，楼兰才第一次进入了中原王朝的视线。元朔三年，即公元前126年，张骞出使西域回来后，向朝廷详细报告西域的情形。其中，他提到靠近罗布泊附近有个楼兰城邦，“地沙卤，少田，寄田仰谷旁国。国出玉，多葭苇、柽柳、胡桐、白草。民随畜牧逐水草，有驴马，多橐驼，能作兵，与婼羌同。”而且，国家居民并不少，“户千五百七十，口四千一百，胜兵二千九百十二人。”虽然看起来人口并不多，却控制着东起敦煌阳关附近，西到尼雅河畔，南至阿尔金山，北到哈密一带。在当时的西域，已经算赫赫有名的。

据史料记载，楼兰在公元前176年以前，是三十六城邦之一，到公元630年消亡，共有800余年的历史。位于罗布泊西部的楼兰故城，是楼兰前期的政治、经济中心。早在西汉时代就举世闻名，在古代丝绸之路上占有极为重要的地位。我国内地的丝绸、茶叶，西域的马、葡萄、珠宝，最早都是通过楼兰进行交易的。

这里地势平坦，水丰草茂，盛产鱼虾蒲苇野麻，有玉石、驴马、马鹿、骆驼等物产，物产富饶，人口兴旺，居民以渔猎畜牧为生。特殊的战略地位使楼兰国成为西汉与匈奴争夺的重要目标，夹缝里生存的楼兰不得不扮演起“骑墙派”角色，采取两面派的政策，介于汉和匈奴两大势力之间，巧妙地维持着其政治生命。

楼兰地处汉与西域诸城邦交通要冲，汉朝无法越过楼兰到西域征伐，匈奴也无法借助楼兰的力量去克制汉朝，起着关键节点的作用。因此，在最初的时期，汉和匈奴对楼兰都实行怀柔政策。在张骞出使西域之前，楼兰臣服于匈奴，汉使往来于西域，常受楼兰的拦截。武帝时期，汉朝派遣博望侯张骞出使大月氏，缔结攻守同盟失败。又与大宛因汗血宝马发生争执，派大将李广利征讨大宛。在此期间，西汉派遣西域诸国的使者“不绝于道”，这些使者通过楼兰的时候，楼兰由于不堪沉重的负担，以至杀戮使

上世纪的楼兰遗址

者。后来，汉朝派王恢率军七百对楼兰进行突击，楼兰降服。汉朝还自敦煌到楼兰一带，建了烽燧亭障，加强对西域的控制。汉武帝死后，楼兰再次投靠匈奴，拿起武器反叛。风生云起，鼓角铮鸣，天地失色，战马悲鸣。最终，西汉王朝又派傅介子刺死楼兰城主，改名鄯善，将都城迁到罗布泊南岸。汉安帝年间，班勇率士卒入驻楼兰，设立西域长史，管理西域。

直到唐代，唐人在边塞诗里一再提起楼兰，除了著名的边塞诗人王昌龄外，李白的“晓战随金鼓，宵眠抱玉鞍。愿将腰下剑，直为斩楼兰。”(《塞下曲》)，岑参的胡笳一曲“愁杀楼兰征戍儿”，“功名耻计擒生数，直斩楼兰报国恩”(张仲素《塞下曲》)我们可以从古人的诗歌里，想象古楼兰曾经是怎样的昌盛繁荣，曾经给世人增添了多少踏平边关的豪情，以至于在她消失二百年之后，唐人还以“楼兰”二字来指代征战对象。

自从张骞通西域后，楼兰成为中原通往西域的中转枢纽，直到魏晋南北朝时期，绵延数个世纪的繁荣，成为丝绸之路南路一个商贾辅辏重要的交通要道城市。然而，在 4 世纪时，楼兰突然从中国史书中神秘消失了。从此，史不记楼兰，志不记鄯善，盛极一时的楼兰文明，逐渐被漫漫黄沙掩埋……

公元 4 世纪以后，这个在丝绸古道上盛极一时的古城，无声无息地退出了历史的舞台。唐代高僧玄奘东归经过这里时，在《大唐西域记》中写道:“东行入大流沙，沙则流漫，聚散随风。人行无迹，遂多迷路，四远茫茫，莫知所指。”楼兰已然消失，空留下浩瀚荒漠中的废墟，昭示着曾经过去的辉煌与岁月的无情。

在此后的历史时空中，曾经有无数学者试图探寻楼兰所在方位。他们只能根据史料记载，在张骞出使西域报告中，“楼兰、姑师邑有城部，临盐泽。”张骞明确指出，濒临盐泽（即罗布泊）的楼兰和姑师，二者均属于西域三十六城邦。但是，楼兰城究竟在什么地方呢？由于史料上没有明确记载成为它的方位，千百年来人们都无法知悉，成为历史上的一个难解之谜。

楼兰消失之谜

为了这趟难得的楼兰之行，我彻夜难寐、兴奋不已，在我的心中，楼兰就是人类文明发展史上的一个最令人兴奋的文化谜团。千百年来，这里悠久的历史、天方夜谭似的传说故事是多么令人神往；她神秘地在地球上消失，又意外地出现，引起多少历史学者无限的遐想。

楼兰遗址

有时，人类不得不佩服大自然的神秘力量。在它面前，沧海变桑田，城市成为荒漠。那么，是什么将这个历史上曾经驼铃阵阵、“商贾云集，使者相望于道”的繁华城市变成废墟了呢？昔日辉煌的楼兰现在何方？又是什么让千古诗篇遗留下来的异域风景消失在狂飙卷地的塞外？

在去楼兰的路上，望着遍地的荒芜与狂风席卷之下的戈壁滚石，我不禁想起了唐代诗人岑参名作：“君不见走马川雪海边，平沙莽莽黄入天。轮台九月风夜吼，一川碎石大如斗，随风满地石乱走。”记得在初学这篇诗作时，我感佩于诗人的丰富想象力，没有到过新疆的人是很难想象戈壁滩上狂风卷石的肆虐景象的。如今，楼兰就消失在这茫茫戈壁之中，残留的建筑在狂风中招摇，无限的凄美。但在史书上，楼兰曾是一个水草丰茂、林木丛生的区域，一个如此繁华的国度消失在平沙茫茫的大漠，一个曾经在中国历史上享誉一时，在丝绸古道探险史上熠熠闪光的名字，神秘地在地球上消失，又意外地出现，被国际考古学界誉为“东方的庞贝古城”。这不能不引起人们的无限遐思。

与我一同前往的一位当地史志学者说，今天的楼兰故城，城垣已经坍塌，只剩下已经完全风化、断断续续的墙垣孤零零地站立着。虽然楼兰城从沙丘下被人发现了，但一个更大的谜困惑着学者：繁华多时的楼兰城为什么销声匿迹，绿洲变成沙漠、戈壁，沙进城埋的呢？

有专家就说，“丝绸之路”交通路线的变化是楼兰兴衰的直接原因。据史料记载，公元前 77 年，西汉与匈奴争夺楼兰要地，楼兰王国久经战争之苦最终归并于鄯善国，但仍然是南丝绸之路上的中继站。公元 4 世纪，丝绸之路北路打通，商贾经吐鲁番高昌城直通中亚，楼兰在西域的交通枢纽地位改变。我认识的一位生态与地理专家就提出“路断城空”之说。他认为，丝绸之路有三条道，其中，经楼兰之路最为便捷直接，但是沿途缺乏水草，风沙大。同时，容易受到匈奴等游牧民族的侵扰，随着汉朝在汉匈战争中的节节胜利，河西走廊乘势打开，高昌局势渐趋稳

烽燧遗址

定，中原政权逐步在沿路状况更显优势的高昌建立了稳固的统治，并成为西域的门户，商贾随之北移，以往走丝绸之路南道的驼队踏上了更为平坦畅通的北线，正是丝绸之路的北移，使楼兰在不知不觉中丧失了中西交通中继站的地位。

今天的楼兰，地表上的文化已成荒漠中的废墟，早在公元前 400 年，高僧法显西行取经，途经此地时，这里已经是“上无飞鸟，下无走兽，遍及望目，唯以死人枯骨为标识耳”。无论如何，单纯交通地位的改变，是不会将一个兼有农业、牧业、屯田、贸易的城邦在地理上干净地抹去的，更不会在辉煌了 800 年后，在历史舞台上无声无息地消失。

如今的楼兰，天上飞鸟绝迹，地上寸草不生，已经成为生命禁区。这不得不让人关注千百年以来关于海市蜃楼般的“沙埋古城”传说，一直塔克拉玛干大沙漠边缘绿洲的居民中传播不息。

许多研究楼兰的专家将关注点放在塔里木河流域水文变化上，《辛卯侍行记》记载:“塔里木河罗布庄各屯，当播种时，上游库车迤西，城邑遏流入渠，河水浅涸，难以灌溉……”塔里木河是新疆第一大河，水量丰沛，但塔里木河毕竟是依靠天山雪水保持水量的，随着社会的发展，河水资源日见短缺，以新疆生态环境之脆弱，上游稍加拦截，下游便会无水可用，地处孔雀河下游的楼兰，受此影响最大。

据《水经注》记载，东汉以后，由于塔里木河的改道，楼兰陷入严重缺水的境地，东汉政府不得不从敦煌派兵，并召集焉耆、龟兹等国兵士，轮流作业，不分昼夜开挖河道，缓解缺水困境，但人力还是无法与大自然抗衡，随着河水泥沙淤积，最终断流。在孔雀河的上游改道之后，最终楼兰人还是因为缺水而放弃了这座城市。

神秘的文化标识

在沙漠地带，水就是生命线。一旦失去了水资源，绿洲就必然衰亡。史料显示，楼兰也曾经为守护家园进行过最后的努力。考古发现，在被命

太阳墓

名为三间房的地方曾发现了中国也是世界上第一部《森林法》。当时的楼兰王宣布："凡砍伐一棵活树者罚马一匹，伐小树者罚牛一头，砍倒树苗者罚羊两头。"从法令的严厉程度不难看出，保护环境已刻不容缓，当时的人们已经意识到要生存下去必须保护生态环境。

但令人困惑的是，在楼兰有一种墓葬形制被称为"太阳墓"。从远处眺望，"太阳墓"壮观而奇特。围绕墓穴的，是一层套一层的成材木头。胡杨木柱由内而外，粗细有序，圈外又有呈放射状而展开的列木，井然不乱，蔚为壮观，整个外形酷似一个太阳。已发现的一座墓葬中，成材圆木达一万根之多。要知道，在干旱地区成长一万多棵胡杨并不是一件简单的事。既然已经知道胡杨林对保护生态的作用，又为何不惜成本砍伐树木建造墓地，这同样是楼兰历史上一个难解之谜。

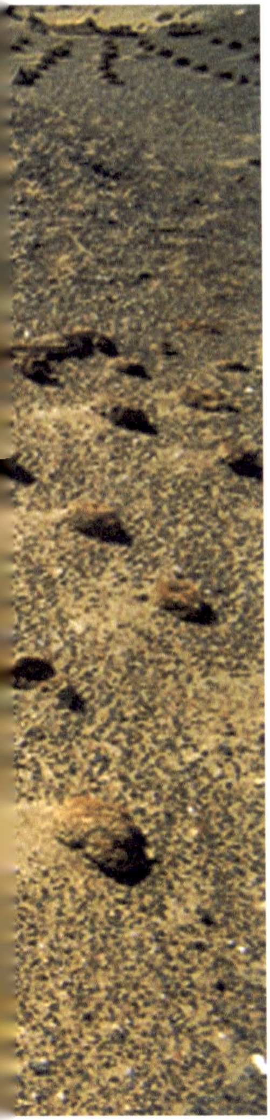

也有专家说，楼兰的消亡，是人与自然多重因素作用的结果，楼兰人为修建浩大的"太阳墓"葬，盲目砍伐宝贵的胡杨林，使沙进人退，水土流失，进而风沙侵袭，河流改道，气候反常，瘟疫流行，水分减少，盐碱日积，加上四周游牧民族的侵袭，最后只好放弃这块家园，四散到新疆各地。

不管是什么原因使楼兰故城成为荒漠中的废墟，楼兰的灿烂文化都永远书写在历史的印记之中。与楼兰故城一样，在巴州，许多因沙进人退而形成的人类遗迹，如轮台古城、且末遗址、古烽燧等，还有著名的楼兰美女、古代岩壁画等，都成为世界级的旅游资源。

今天，楼兰，这个散发着神密色彩的文化标识，在掀开远古岁月的面纱之后，依然魅力依旧，风采依旧。她梦幻般地伫立在西域，曾经绚丽而今沧桑的面孔，依然在内心深处拨动人们的心弦，吸引着众多探险考古者踏足这片土地。

亚洲“庞贝古城”

在若羌罗布泊钾盐矿区停留一夜后，第二天一大早，我陪同客人再次踏上前往楼兰的路程，经过几个小时的连续颠簸，我们逐渐接近楼兰故城。

前面的道路越来越狭窄，路上遍布沙坑，车辆不时陷进沙土之中，行进极慢，有时花上三、四个小时，还跑不了50公里。

远远的，我们看到了楼兰佛塔，经历了千年风沙侵蚀的佛塔，是故城中最高的建筑，据专家考证，也是国内现存最古老的佛教建筑。

车辆终于靠近了楼兰故城，打开车门，一股热浪迎面扑来，虽已进入秋天，但楼兰故城最高气温可达40℃以上，灼人的阳光随时会晒伤皮肤。楼兰文保站的工作人员告诉我们，这里昼夜温差大，夜晚温度低到零下。我真的无法想像古楼兰人如何在这块地域生存，或许那时的生态环境尚未破坏，气温也不像现在这么高吧。

斯文·赫定楼兰一行中手绘的向导艾尔迪克

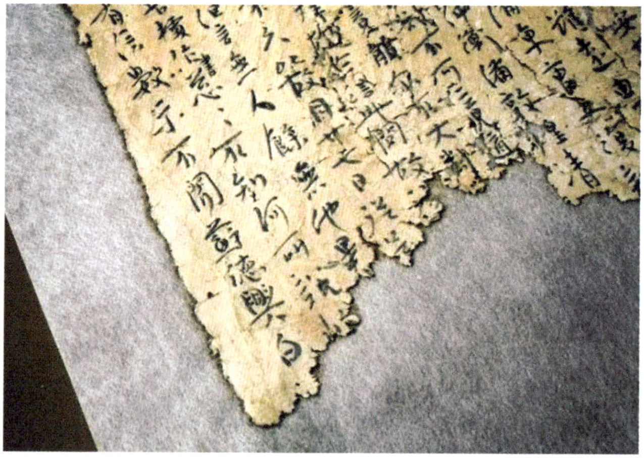

斯文·赫定在楼兰废墟发现了世界上著名的“楼兰纸”

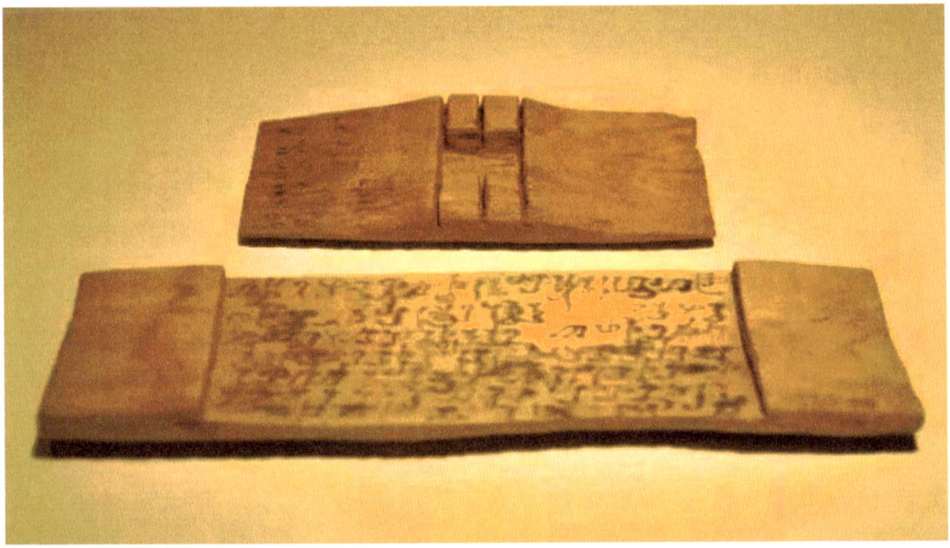

保存得极为完整的佉卢文木简残片

当脚步开始踏上这块土地时，我想到这块被流沙掩埋的土地就是被众多专家称之为“亚洲的庞贝古城”，随便一把土就可能深藏着厚重文化时，我的行动不禁小心翼翼起来。

橘红色的阳光下，楼兰城显得格外神秘，城区呈正方形，面积约十万平方米，整个遗址散布在罗布泊西侧的雅丹地貌之中，古城中的建筑绝大部分已被流沙掩埋，远远望去，遗址全景旷古凝重，城内破败的建筑遗迹了无生机，给人一种苍凉、悲壮的感觉。

楼兰的重新出现，还要从瑞典人斯文·赫定的探险之旅说起。

1900 年 3 月，斯文·赫定率领探险队进入罗布泊地区，当时他的主要目的是穿越罗布泊进行一次测量。探险队除了他以外，还雇佣了三名当地人，其中一人是世代生活在塔里木河畔的罗布人艾尔迪克。斯文·赫定当时并没有想到，正是艾尔迪克一无意的举动，使他完成了震惊世界的文明发现。

斯文·赫定一行人艰难地跋涉在罗布泊荒漠之中，在住宿一夜第二天继续前行时，他们忽然发现探险锄忽然不见了，赫定便派艾尔迪克前去寻找。在找到探险锄后，沙漠中忽然刮起了狂风，遮天蔽日，天昏地暗，被狂风裹挟的艾尔迪克迷失了方向，误打误撞闯入了楼兰遗迹，遗迹上四处散布着美丽的木雕、织物、钱币。

或许是古楼兰人冥冥之中的召唤，对于艾尔迪克这次迷失之旅，斯文·赫定曾经发出这样的感慨："艾尔迪克忘记了锄头是何等的幸运，否则，我们绝不能回到这座故城，这个伟大的忘记给亚洲中部古代史带来了新文明的重要发现！"

经过一年的精心准备，1901年3月3日，斯文·赫定专程来到这片神秘遗迹，进行了长达一周的发掘工作，发掘不少楼兰古国文物，钱币、丝织品、粮食、陶器、36张文书、120片竹简……这些文物中，有珍贵的晋代手抄《战国策》、汉五铢钱、贵霜钱币、汉锦丝绸。斯文·赫定回国后，把文物交给德国的希姆莱鉴定。依据发掘的文书和竹简，经过整理分析，根据出土文书中"楼兰"字样，希姆莱认定：这片废墟就是在历史上赫赫有名后又销声匿迹的楼兰！

在亚欧腹地新疆罗布泊发现了古老文明，这个消息迅速震撼了考古界，英国、美国、日本的考古队和探险家相继来楼兰进行掠夺性发掘，楼兰文物由此流散世界各地，楼兰故城也被考古界誉为"沙漠中的庞贝城"。

3800年前的楼兰美女

站在楼兰佛塔前，四处都是散落的木头，远处是楼兰古址纪念碑，旁边是著名的遗址"三间房"。除了不多的人类活动遗迹，映入眼帘的都是漫漫黄沙。弥漫在茫茫无际大戈壁上的，只有死寂的沉静。一种深厚、凝重的感受迅速占据了身心——是什么样的力量，让沧海变桑田，使繁华的古城成为亘古的荒原？

看着楼兰人曾居住过的住房，我心中不禁产生了一个疑问，历史上的楼兰人到底是什么样子？多年前，在小河墓地附近出土的金发碧眼的白种美女“楼兰美女”古尸引来社会的普遍关注。后来，我专门查阅了这方面的资料，据复旦大学对小河墓地距今4000余年的20具“楼兰古尸”的DNA研究发现，尽管出土的楼兰古尸多具有典型西方体质特征，但他们都具有东方血统。这项研究成果表明，东西方人类文化交流可上溯至4000年前，东西方交流的发端并非始于张骞出使西域的“凿空之举”。

回去的路上，当地文保站的工作人员介绍说，沿着罗布泊雅丹，考古发现沿途修有驿道并筑有烽燧，许多已经被风蚀成面目全非的雅丹，古老的丝绸之路，正是沿着这条线路一路向西，直到当时的安息、大秦，沿地中海沿岸直通欧洲。

我不禁回头望了一眼楼兰废墟，阳光下，她仿佛一座幻灭之城，带着悠远的感伤，消逝在罗布泊深处。而她，曾经是西域的乐土，沙漠里的天堂。此时，耳畔似乎又响起了驼铃阵阵，胡笳声声，人声鼎沸。眼前，似乎又看到城外一眼望不到边的金色胡杨林，古楼兰城墙巍然壮观，房舍殿堂井然有序，市井店铺叫卖声不绝于耳，无数的汉人、匈奴人、安息人、大秦人漫步在熙熙攘攘的街道上。旁边，是楼兰人笑语盈盈迎接着来自各方的客人，灯火阑珊处，或许还有楼兰美女那惊鸿的一瞥。

楼兰之行使我完成了一次寻梦之旅，完成了一桩多年的心愿。我不能说，决定来巴州工作是因为楼兰，但楼兰是一场神秘的梦境，对我心灵深处有着强大的吸引力，在巴州，一定要去我心中的文化圣地楼兰！今天，我终于与楼兰有了面对面的亲密接触，了却了一桩心愿！

今天，尽管国际考古界对楼兰故城研究付出了巨大的心血与努力，但诸如楼兰故城的兴衰与消失，至今还是个令人神秘莫测的谜团，与楼兰故城一样，轮台古城、且末遗址、古墓葬群、古烽燧、楼兰美女、古代岩壁画等，都成为世界级旅游景点。楼兰，在世界上更成为一个充满神秘色彩的名字。

旅游小知识

米兰遗址

米兰遗址是一个面积广大的区域，遗址中主要包括米兰城郭、两座佛寺及墓地。在沿城墙、佛寺的墙基处，东一个西一个刨挖的大坑随处可见。米兰，属古楼兰的地域，中国汉代曾在这里屯田，一种有争议的说法认为这里是楼兰人迁移到这里。这里曾发现过“印度文化特征的绝妙壁画”——带翼天使，以及公元 8~9 世纪的吐蕃藏文木牍；这里是揭示楼兰古国神秘兴衰的重要史迹，是佛教东传由新疆进入内地的重要地域，也是史记中少见的吐蕃与西域交流的证明。

米兰遗址（李建国　摄）

若羌灰枣

特产：一颗红枣引路，走过楼兰风情

枣树立在若羌。

桃三杏四梨五年，枣树开花就结甜。桃红李白的张扬之后，枣树以点点绿芽迎来春天，如米的枣花，淡绿浅黄的枣花，不奢求谁来留意和赞美。蜜蜂来了，枣花蜜清亮香浓。春天的甜香，是小小的枣花的甜香。

走进有“华夏第一县”之称的若羌县境内，举目四眺，莽莽苍苍的大枣林，无边无际的沙区枣乡。在当地乡亲的眼中，这些红果绿叶是楼兰美女带给他们的甜美果实。

相传很久以前，若羌到处是白花花的碱滩，茫茫荒原找不到一棵开花结果的树木。乡亲们听说很远的地方有一种铁杆、银叶、开金花的树，就共同推举一位勇敢的年轻人前往寻找。

这位年轻人风餐露宿，一路踏过沙漠，翻过雪山，穿荆棘，越戈壁，不知经过多少时日，终于来到一个山口前，就在这时，突然狂风大作，飞沙走石，天昏地暗，疲惫不堪的年轻人支撑不住，昏倒在戈壁滩上。

不知过了多长时间，天空中云霞飘来，一段婉转美妙的歌声从云中传来，宛如天籁之音，年轻人慢慢站起来，循着歌声走去，终于穿过了山口，眼前的绿洲绿树葱茏，犹如仙境。这时，一阵清香沁人心脾，眼前到处长着铁杆、银叶结串串枣的树。年轻人激动地折下金枣枝条，返回家后，楼兰红枣从此就在若羌安家落户，乡亲们听年轻人讲了路上的故事，相信这是楼兰美女用歌声唤醒年轻人，带他找到枣林，从此就叫这种枣树为“楼兰红枣”。

今天，巴州楼兰红枣种植面积已达65.03万亩，年产量10.63万吨，楼兰红枣甜脆适口，香味浓厚，果肉细腻，清甜爽口，被国内外客商誉为“枣中极品”，产品远销全国各地，出口中亚各国，乡亲们也靠着种植红枣走上了富裕路。

第六辑

神秘秘境罗布泊

罗布泊“大耳朵”之谜

20世纪80年代，美国学术杂志公布的一张用国际卫星从900公里高空拍摄的罗布泊的照片，形状酷似人的耳朵轮廓，并且有“耳轮”“耳孔”和“耳垂”。如果套叠在地形图上，就会发现“大耳朵”的范围恰是罗布泊海拔高程780米等高线，此后，罗布泊“大耳朵”成了地球表面一个著名的地貌称谓。专家通过研究发现，照片上的大耳朵形状其实就是罗布泊在不同滞水期积聚的湖滨盐壳在太阳光下折射出的不同色彩轮廓，“耳轮”

是湖水退缩蒸发的痕迹，“耳垂”是喀拉库顺湖注入罗布泊形成的三角洲；“耳孔”则是罗布泊东西湖之间的半岛。

大耳朵之谜的揭开将有利于对罗布泊湖区古地质和生态环境的深入研究，解析这一地区环境变迁与楼兰文明兴衰的历史关系。

这张卫星图片公布后，“亚洲魔幻三角地”之名不胫而走，成为全球探险的热点。到新疆不久，一次陪同客商考察的机会，我有幸乘车前往罗布泊。车辆驶出库尔勒市区不久，绿色的植物逐渐减少，能看到的只是丘陵、戈壁。再往前行，一望无际的沙漠映入眼帘，这里的天空很蓝很蓝，没有一只小鸟从空中掠过。沙漠中一片荒凉，这里没有一棵草，一株树，一条溪，酷暑难耐的四周十分空寂，让人感到这里几乎是一个没有生命的地方。

戈壁滩的天地，仿佛只有蓝与黄两种色彩，单调间偶尔也点缀一点点的绿和不起眼的红或白。路旁偶尔几簇暗绿色会让你眼前一亮，这就是戈壁滩上难得的植物了——骆驼刺。它外观有点儿像卧龙松，只是植株更矮，紧紧贴着地面，有的一簇两簇，有的连成规模不小的一片。

一边观赏着生命禁区的孤寂与荒凉，一边感慨满怀地继续前行。虽然前面都是柏油路，但沿途尽是沙丘、沙包、沙岗和沟壑。下车休息时，尽管刚刚进入六月，推开车门，一股热浪便翻滚着扑面打来，烫得人两颊一阵疼痛，随行的人员告诉我们，这时的地表温度达到50℃，地面气温也有40℃。

罗布泊还是一个狂风呼啸的地方，这里每年上半年，六级以上的大风接连不断，常常一刮就是好几天。许多曾领教过罗布泊狂风的石油工作者告诉我，风刮起来时，黄沙蔽日，昏天黑地、暗无天日。狂风怒吼着，汹涌着，狂飙着，像洪水猛兽一样，以排山倒海的气势，以万马奔腾的速度，势不可挡地席卷天地。

诗体游记之十一：

追梦者

不能再往前走了
前面就是罗布泊，死亡之海
多少人有去无回
那里是人间地狱，魔鬼天堂
一个声音在不断提醒

这里曾经是繁华的人间
这里曾经商贾云集
去看看吧，或许我们的梦就在那里
楼兰美女，美丽的城廓
还有一个声音在不断地诱惑

盐渍路显示出盐苦涩的一面
坚硬的晶体不停地啃咬着车轮
沙砾掩盖下的搓板路
让我们在巨浪的颠簸中航行

这是彭加木寻梦的旅程
我往东去找水井
这是他留下的最后一句话

这是余纯顺最后的路途

一个探险者把生命
留在了最凶险的地方

斯文赫定的向导
一个叫艾尔迪克的罗布人
为了探险锄，发现了楼兰

大风卷起，天昏地暗
浪静风平，海市蜃楼
一个美丽的虚幻
人间、地狱、天堂

亚洲魔幻三角地

在没到新疆以前，对罗布泊便产生情不自禁的向往，这块被誉为“亚洲魔幻三角地”的神秘所在，曾经在我阅读的无数文学作品中显示出充满沧桑和诱惑的面容，拨动着我好奇的心弦。

到新疆后，不止一次与当地学者谈起罗布泊。他们告诉我，罗布泊原来是塔里木河的终点湖，也是我国第二大内陆湖。罗布泊的名字，蒙古语的意思是多水汇集之地。它是新疆塔里木盆地地势最低的区域，低洼处海拔只有 780 米，方圆 10 万多平方公里。

据了解，在古代文献《山海经》中，第一次记载了罗布泊的来历，“敦薨之水西流注入泑泽，盖乱河自西南注也”。公元一世纪的《汉书》称之为“盐泽”，“楼兰，师邑有城郭，临盐泽”，“广袤三百里，其水亭居，冬夏不增减。”从文献资料可知，历史上的罗布泊曾经水面广袤，烟波浩

藏野驴（周德军　摄）

淼，甚或波光粼粼，白浪翻滚。曾经创造了灿烂西域文明的鄯善、哈密、敦煌、吐鲁番、若羌都处于罗布泊周边地区。

“官军西出过楼兰，营幕傍临月窟寒。蒲海晚霜凝马尾，葱山夜雪扑旌竿……”这是唐代著名边塞诗人岑参《献封大夫破播仙凯歌》中，极力夸张、渲染西域的严寒天气，对西域军旅生涯有着生动的描述，诗中的“蒲海”，就是指的现在的罗布泊。“蒲海”“葱山”相对而出，显示出西域苍茫浩远的境界，为古罗布泊增加了奇异的色彩。

那时，发源于天山、昆仑山、阿尔金山、祁连山的多条河流注入罗布泊，使这方土地水波浩淼，湖光柔美，植被丰美。就在一百多年前，罗布泊依然保持着浩荡无垠的水面。在现有资料记载中，1921 年罗布泊湖水还有 5000 多平方公里，1942 年为 3000 平方公里，1962 年为 660 平方公里，由于河流改道及上游灌溉引水，湖水逐渐枯浅。1972 年仅剩 450 平方公里的罗布泊因为塔里木河的彻底断流而干枯，从此这里成为生命禁区，死亡之海。

今天，罗布泊已经成为地球上最干旱、最荒芜的地方之一。一望无际的沙丘、浩浩渺渺的盐泽、鬼斧神工的雅丹地貌成为罗布泊独特的地域特征。曾被誉为“仙湖”的罗布泊，现在成为了戈壁、沙漠，并与广阔无垠的塔克拉玛干沙漠浑然一体。

“生命禁区”

前路漫漫，黄沙无垠，前行的道路被无边的孤寂所笼罩。只要一离开车辆，沙漠中的热浪，就像是鼓风机卷起的钢炉火焰，沸沸扬扬向人们扑面而来。来到罗布泊，一副墨镜，一顶太阳帽是必不可少的，要不然炎炎烈日，无遮无挡，定会让人叫苦不迭。在车上，一位若羌县的同志向我们讲述起罗布泊的传说。

传说在远古时期，出身显赫的蒙古族青年罗布诺尔不愿继承王位，要去龟兹学习歌舞。当走到塔里木盆地东部边缘时，迷失了方向，饥渴劳累使他昏倒在地。三天后，当他醒来时，竟发现身旁坐着一对青年男女。男青年说他叫若羌，姑娘说她叫米兰，他俩是风神母收养的同胞兄妹，因忍

沙山（周德军　摄）

受不了风神母的虐待抛家到库车学成技艺，不料返回途中在此与罗布诺尔相遇。米兰对罗布诺尔一见钟情，两人倾心爱恋。风神发现女儿与凡人相爱，恼羞成怒，便刮起黑风暴惩罚他们，沙石刮瞎了罗布诺尔的眼睛，摔断了米兰的双腿，风神又将他们三人刮到东、南、西面的荒漠上，罚他们终生无法相见。哥哥惦念妹妹，米兰思恋着情人。三人哭得悲天怆地。一夜间，青丝变白发，滚滚泪水聚流成河，汇集到罗布泊后，变成一望无际的湖泽。后人遂将此地称为罗布泊。后来，米兰姑娘思念成疾，魂归天外，一夜间，天地变色，湖泊干涸，美丽的罗布泊自此消失不见，唯留下这满地黄沙。

在西晋法显和尚的记述中，他在穿越西域直达印度的整个行程最为艰险的就是罗布泊雅丹。雅丹本是古代罗布人对陡峭山崖的称呼。探险家斯文·赫定到达这里时，对这片或鳞次栉比，或拔地而起，宛如残破城堡的繁星般地貌惊奇不已。当他询问当地向导这片神秘土地的名字时，向导告诉他，当地人称之为雅丹。从此，一个全新的地理名称在地质学上诞生了。

当地地质工作者对我说，雅丹地貌的出现，是风神的杰作，真正体现了沧海桑田这一饱含世间沧桑的名词。远古时期，这里曾是古海岸。后来，海水渐渐退却，海岸裸露于凛冽的狂风之中。在罗布泊地区狂虐的狂风经年累月的吹蚀下，刀削斧破一般把湖岸劈斩开来，留下一堆堆高半米到十多米，长数十米至数百米的土丘和沟壑。

仅在巴州地区，雅丹地貌就有3000多平方公里，行驶在罗布泊雅丹，那或逶迤起伏、或巍峨如轮、或峰连嶂叠、或千折百回的由繁星般土丘构成的地貌，使人宛若来到外星球。当地的维吾尔族人，通常将之称为“龙城”。虽然我没有亲眼看到，却听当地许多人说，每当阳光穿透云影，而叠嶂起伏的土埠披上几缕金色的阳光、几片飘动的云影时，就能显示出白龙腾云驾雾的幻影，因此当地人也将罗布泊雅丹称为“白龙堆”。种种恶劣的环境、奇特的地貌更为罗布泊增添了几分“生命禁区”的神秘色彩。

斯文·赫定用铅笔绘制出来的罗布泊地区内的森林景象

四季交替，周而复始，时光流逝，岁月飞驰。今天，这片曾经在历史上富饶的土地，已掩不去这片土地的沉寂。面前这方曾经生机盎然的土地，而今却因为远离了水而走向死亡。告别了辉煌，独留下凄凉。夕阳映照下的罗布泊，丘陵密布，沟壑相连，可惜却是一片死一样的荒凉。我似乎在风中听见了罗布泊的歌声，歌声含着一方豪情，一种忧伤，一份执着。滑动的流沙似乎发出深沉的鸣奏，在空阔的时空中嗡嗡回荡，带走了人世间多少繁华，带去了几许梦想。

诗体游记之十二：

看沙漠

看沙漠你不能和时间对峙
时间都被沙漠打磨成了沙子
翻看时间的细沙，一不留神
就会被时间的悠长和深邃灼痛

看沙漠你不能和大风对峙
沙漠里，大风不再是大风
他们是只凶猛的野兽
你很容易被大风吞没

看沙漠你不能和阳光对峙
你看到的阳光只是沙漠里的月亮
沙漠里，阳光总是从地下照起
真实的阳光总是藏匿在细沙里

要不沙子会如此的透明
如此的坚固，到沙漠里
你才知道什么是沧桑
什么是永恒，什么最珍贵

荒漠英雄事

昂藏七尺志常多，

改造戈壁竟若何？

虎出山林威失恃，

岂甘俯首让沉疴！

这是我国著名科学家彭加木留下的一首诗，1980年5月，时任中国科学院新疆分院副院长、上海分院研究员的彭加木率领一支科考队深入罗布泊。6月17日，彭加木在独自寻找水源的路途上失踪，壮士一去不复返。

在此之前，国外探险家斯文·赫定、斯坦因、普尔热瓦尔斯基，曾闯进罗布泊，试图探寻这块神秘之地的全貌，最终都抱憾而归。对此，曾经无比沮丧的普尔热瓦尔斯基感慨地说："走遍整个亚洲大陆，像罗布泊这样既富有吸引力，又使旅行者感到沮丧的地方再也找不到！"

斯文·赫定手绘的新疆虎

神秘、严酷、生命禁区，这是许多人对罗布泊的印象，历史上，自从张骞通西域以来，无数行者怀着不同的目的，都曾踏上这片绝域，对这片土地留下了不同的记录。

早在西晋时代，法显和尚即在其《佛国记》中对罗布泊区域的荒凉和恐怖有过精辟的描述："沙河中多有恶鬼·热风，遇则皆死，无一全者。上无飞鸟，下无走兽，遍望极目，欲求度处。则莫知所拟，唯以死人枯骨为标帜耳！”

法显和尚踏上这段艰险的路程，是西行佛国求法的信仰所带来的支撑力量。在这片荒漠上，他艰辛跋涉 17 天，才最终到达鄯善国。之后，他们一行南下塔克拉玛干沙漠，穿越死亡之海，又走了一个月零五天，到达了于阗国。

这是一个只有勇者才能到来的地方，更是无数个探险者穷尽智慧和体力孜孜以求的地方，就像候鸟迁徙，一拨又一拨探险者怀着不同的人生信念，穿越苍茫，去倾听这里的神秘与苍凉。他们像雁鸣长空，若无畏无知的骑士，踏入这片充载着艰险的旅程。古往今来，不知多少旅行家、商人、军士、僧侣在这里迷失方向，在荒漠中留下累累白骨。

唐代玄奘从印度取经归来，通往楼兰之路已成畏途。他这样形容塔里木盆地东部的自然景观：“从此东行，入大流沙。沙则流漫，聚散随风，人行无迹，遂多迷路。四远茫茫，莫知所指，是以往来者聚遗骸以记之。乏水草，多热风。风起则人畜昏迷，因以成病。时闻歌啸，或闻号哭，视听之间，况然不知所至，由此屡有丧亡，盖鬼魅之所致也。”最后，玄奘寻访到楼兰故地许多“城廓岿然，人烟断绝”的废墟，如睹货罗故国、折摩驮那故国、纳缚波故国等。

1229 年，意大利旅行家马可波罗取道丝绸之路南道从欧洲到中国，罗布泊的险恶同样给他留下深刻的印象，《马可波罗游记》记述说：“在这 30 天的路程中，全部是在沙漠的荒原和寸草不生的山岭之间跋涉……这片沙漠是许多罪恶与幽灵出没的场所。它戏弄往来的旅客，使他们产生一种幻觉，陷入毁灭的深渊。”

古人的描述，不断给罗布泊蒙上一层层神秘的面纱。进入近代以来，一批批来自不同国度的探险者，“将生命挂在马褡上”，和着叮当的驼铃，迎着异域的歌声，踏入这片生死未卜的土地。

瑞典探险家斯文·赫定在中国广为人知。其实在斯文·赫定之前，俄罗斯生物学家普尔热瓦尔斯基便经过天山古道，翻越帕米尔高原，用了整整10年时间，奔赴到罗布泊。最终，他倒在了第五次中亚之行的旅途中。至今，天山之西的伊塞克湖畔还矗立着他的墓碑：“俄国生物学家，在探险途中于此长眠。”

正是在普尔热瓦尔斯基的感召下，斯文·赫定才带着大批的辎重，叩访了这片沉睡了数千年的土地，19世纪“世界地理大发现”由此高潮迭起。德国探险家勒柯克、法国汉学家伯希和，甚至英国大谷探险队年仅16岁的少年桔瑞超，还有同样长眠于此的英国探险家奥利尔·斯坦因。

这些来自国外的探险家与学者，抱着不同的目的，来到中国西域这片土地，有的如奥利尔·斯坦因、斯文·赫定，终身未婚，怀着对人类文明的共同渴求与探索，把生命奉献在这片土地。有的如德国人勒柯克，挥锹作战，用十字镐、钢锯切割了近2000多平方米的壁画，将来自中国的艺术珍品送往国外的拍卖市场上，以至于众多有识之士怒吼：“中国文化被抢劫了！”

中华人民共和国成立前，国民政府为了平息沸腾的民意，也曾组织过几次罗布泊探险行动，但都无功而返，以至于曾与科考队同行的斯文·赫定不无讽刺地说：“中国人聪明，此外，他们还十分珍爱自己的生命。”

风沙漫过了中国西部，来自国外的西域探险家渐渐远离了这片土地。新中国成立后，一批批科技工作者踏着未知的道路，抱着为国家奉献的精神筚路蓝缕，点起明亮的篝火，来到了这片曾经被异域探险家搅得冗杂纷乱的地方。

这是一片死亡之地，非有执着的信念与强烈的勇气是走不出这里的。作为石油工作者，在我以往的经历中，曾经无数次听到过地质勘探者和石油工作者在这里遇难的故事。20世纪60年代，一位年轻的石油人，在帐篷外查看绘制的石油资源图，一阵狂风卷着风沙袭来，刮走了手中的图纸，他乘着风势追赶，谁知竟一去无返，葬身沙海，杳无踪迹，至今没有找到遗体。

与外国探险家或名或利的目的不同，他们抛家舍业，来到这里，是抱着为建设强大新中国的理念。科学家彭加木走进罗布泊时曾说：“我彭加木

藏羚羊（周德军　摄）

具有从荒野中踏出一条路来的勇气，我要为祖国和人民夺回对罗布泊的发言权。”

就是秉持这样的理念，他一生三次闯沙海，渡荒漠，以坚韧、忠诚和一往无前、奋不顾身的精神走进罗布泊，为国家找到了许多稀有的宝藏，填补了我国一些重大科研领域的空白。

罗布泊地形复杂，沙岭、沙岗、沙包、沙丘、水垅，布成迷阵，间或红柳、苇丛成为障碍，滔滔流沙随时会吞没人的生命。1980 年 6 月 17 日，当他第三次走进罗布泊时，在独自外出寻找水源的过程中失踪，滚滚流沙、茫茫瀚海淹没了他的踪迹。

1996 年 6 月 17 日，同一个 6 月 17 日，曾经徒步走遍全国的探险家

余纯顺，在8年九死一生、艰苦卓绝的漫长旅途后，独自闯入罗布泊，将自己的坚韧挥洒在拒绝生命的罗布泊。在他的探险经历中，曾经11次过长江、17次渡黄河，一步一个脚印丈量出了川藏、青藏、滇藏、新藏、中尼5条公路的全程，穿过阿里无人区，走出了一个奇迹——徒步4.2万公里！为此，他穿破了357双鞋子。在这次探险历程中，他对随行采访的记者说："我也许真的会失败，但我不能放弃这个梦想，就是失败，我也要当失败的英雄！"

这就是英雄，一代代的科研工作者沿着他们的足迹，踏入这块生命的禁区，不仅征服了这片曾被无数国外学者视为畏途的土地，还在这里发现了祖国的稀缺资源。昔日的荒漠，从此成为"聚宝盆"。

世界钾盐基地

与罗布泊结缘，还要从国投公司罗布泊钾盐基地说起。

2013 年的夏天，我与调研组的同志一行驱车从若羌县城出发，先后途经柏油路、石子路、盐碱路，历时 4 个多小时到达了罗布泊镇。从镇政府出发，向罗布泊腹地行驶了 20 分钟，我们到达了哈罗铁路的最后一站——罗中站。

这是一个奇特的地方。我们下车时，发现这里的土地并非土石，而是一块块透明的盐结晶体，除去表面的尘土，钾盐独有的雪白、晶莹便显露出来。

据考察，古罗布泊面积有 2 万多平方公里，直到 1958 年，国内有关机构还测定湖水面积 3000 多平方公里。罗布泊西有塔克拉玛干沙漠，南有库木塔格沙漠，北有库鲁克沙漠，而整个塔里木盆地，数亿年前是海洋，积盐很多，这些盐分由于水流冲刷作用，通过塔里木河、孔雀等诸多河流长年冲集，逐渐汇入罗布泊，最终使罗布泊成为国内最大的钾盐资源汇聚地。

钾盐是优质化肥生产的主要原料。多年来，我国因资源开发不足，供需缺口非常突出，自给率不足 30%。目前我国钾肥年需求 1000 多万吨，70% 依赖进口。而罗布泊钾盐保有储量占全国已探明储量的 54.4%。钾盐矿以卤水钾盐为主，并伴生有液体钠、镁、铯矿产和固体钾盐、镁盐、钠盐的超大型综合性矿床，是军事工业和能源的重要原料。这里的卤水钾盐资源达 2.5 亿吨，现已形成年产 130 万吨钾肥规模，最终将达到 300 万吨的年生产规模。

在巴州本地，还流传着一个罗布泊钾盐的传说。古代一位年轻猎人，在罗布泊湖畔漫步时，看到天鹅落在湖岸脱下羽衣后变成九位仙女跳入湖中洗浴，他将一只天鹅的羽衣偷来潜身躲藏。这些仙女在湖中嬉水后，八只天鹅身着羽衣飞去，留下一只做了他的妻子。当生下几个孩子后，妻子想念父母，就请求猎人将羽衣还给他，经不住妻子的苦苦相求，猎人将那件洁白的鹅衣交给了妻子。妻子穿上鹅衣立刻变成了天鹅，在房内舒展翅膀。一会，便展翅从天窗飞了出去，冲上了云霄。年轻的猎人等了几年，不见妻子回来，伤心地带着孩子们向北迁移，又过了几年，仙女思念家人，就飞回了罗布泊，但她寻遍曾经住过的地方，却再也见不到家人，她悲痛地在天上飞来飞去，抖落的羽毛和着泪水落在罗布泊的戈壁滩上，化为成片成片晶莹剔透的钾盐。

我们到达工地时，国投罗钾公司的同志都热情地赶来迎接我们。当我们和他们一一握手问候时，每个人心里都涌动着一种难以言表的感动。因为罗布泊肆虐的风沙、强烈的阳光和艰苦生活，他们的皮肤黑里发紫，在橙黄色安全帽的衬映下，犹如古铜色的雕塑一般。

2012 年 11 月，新疆哈密至罗布泊铁路建成开通，伴随着列车行驶的轰鸣声，罗布泊，这个因新中国第一颗原子弹爆炸而震惊世界，也因科学家彭加木失踪、探险家余纯顺遇难而令人望而却步的“生命禁区”，正式结束了不通火车的历史。

据罗钾公司人员介绍，穿越“死亡之海”的哈罗铁路有 85 公里长的路基要经过罗布泊盐湖区，这是我国首次利用硫酸盐岩盐来填筑的路基。

罗布泊钾盐湖

建设部门与科研部门联合技术攻关，通过反复实验，有效解决了岩盐路基施工技术难题，使线路的沉降误差控制在 1 厘米以内，确保了路基的稳定可靠性。两年多来，建设者们战风沙，斗酷暑，抗严寒，用常人难以想象的毅力，克服常人难以想象的困难，终于让钢铁大动脉挺进罗布泊腹地。

罗中站很小，作为一个以货运为主的火车站，除了信号综合楼、综合工区综合楼、轨道车库、储油间外，还有防寒小屋、列车救援列车办公室、乘务员公寓等，建筑面积有 5803 平方米，共有 18 座建筑。而这里的房屋更是令我们开了眼界，这里的建筑都是典型的楼中建楼、房中套房，陪同人员介绍说，只有这样的独特建筑，才能够抗击罗布泊的狂风与沙尘暴。

在公司场院内，有几个数公里见方的钾盐池，在蓝色的天空、金色阳光的衬映下，泛着淡淡的浅绿色，宛若一幅浓墨重彩的油画，铺展在万里蓝天与浩瀚无垠的沙漠间，这份绚丽给荒漠的罗布泊带来了勃勃生机。望着眼前的这一切，可以想象得到，这得经历了多少艰难险阻，倾注了多少人的生命激情，凝聚了多少人的汗水与泪水。我们不禁对这些参与罗钾基地的建设者产生由衷的敬意。

当夜住在楼兰保护站。一轮明月，早已挂上明镜如洗的天空，西边天际的落日却仍然露着笑脸，伴着丝丝余晖，我们沐浴在罗布泊日月交相辉映的光环下。这时，一位当地的科技工作者将一张卫星图片递给了我，从五颜六色的环环相套的曲线上，可以想象到，古代罗布泊在长期干旱、河流断流作用下，湖水逐步消退，形成今天这状如耳朵，又如宝瓶的地貌。残存的堤岸形成的曲线上，灰、黄、白、红、黑相间，有如天空倾盆倒下的颜料，染就大地的锦绣。不知到明天，这个大耳朵里，科学家们又会有哪些震惊世人的发现。

诗体游记之十三：

去罗布泊

水遁天际路无边，盐渍沧海泊苦岸；
加木英魂归何处，楼兰有梦天地间；
纯顺孤身探罗布，海市蜃楼亦虚幻；
而今罗钾激情现，苦海现宝福满天。

中国最美雅丹地貌

20 世纪初，欧洲著名的两个探险家斯坦因和斯文 · 赫定一前一后考察完罗布泊后，沿着早已消失的楼兰道，一路向东往哈密而来。

当气势恢弘的白龙堆在夕阳下露出它伟岸的身躯时，两位阅尽世界奇

龙城雅丹地貌

景的探险家都惊呆了。

只见这里地形奇特，风貌迥异，沙陵沟壑，金波粼粼。一座座奇丘星罗于沙海之上，一处处怪景棋布在碱滩之间。有的拔地突兀，傲视苍穹；有的迤逦起伏，昂首翘尾；有的像楼阁，千疮百孔，演绎战火洗礼；有的似巨兽，张牙舞爪，尽现恐怖峥嵘。到了夜晚，月朦朦，风萧萧，行走于其间，颇觉眼前景物似真非真，似幻非幻，街巷通衢，深邃幽僻；奇禽怪兽，朦胧飘渺。这便是举世闻名的罗布泊雅丹地貌，被水经注称为“龙城”的地方。

据说远古时期，罗布泊地区不是湖泊，而是一片水草茂盛、土地肥沃、雨水充沛的大平原，世世代代居住着罗布人的祖先。这里有个国家叫耳朵国，国都便是龙城。

耳朵国王是一个大昏君，横征暴敛、骄奢淫逸、无恶不作。他有九百九十九个妃子和数也数不清的王子和公主。为了给每个妃子、王子和公主盖一座豪华的宫殿。他下令搜刮天下所有财富，并调集所有能工巧匠和青壮男子为他服苦役。搞得田园荒芜，瘟疫流行，哀鸿遍野，饿殍载道。百姓的哀鸣声、抱怨声、怒骂声、汇集成一股巨大的声浪直向九天云霄冲去。

玉皇大帝得知此事，便扮作和尚下凡“化缘”，借机劝谕国王，昏庸无道的国王竟戏弄他，对他施舍了一点盐巴。玉皇大帝勃然大怒，便调来盐泽水淹没了这个国家，水退后出现了“龙城”。

分布在罗布荒漠北部的雅丹地貌群，面积约 2600 平方公里，在此偶然出没的牧羊人，用维吾尔语称之为“雅尔当”，意思是“具有陡壁的小山丘”；哈萨克称之为“舍伊坦克尔稀”，意思是“魔鬼出没的地方”。结合当地维吾尔人对此地的称呼，斯坦因称其为——雅丹，并得到了国际地理学界和考古学界的公认。自此，“雅丹地貌”这个名称才流传开来。

诗体游记之十四：

戈壁上的石头和风

在戈壁上听久了
就能听出石头里的风声
一年一年的风
吹出戈壁不同的风景

每一次的风
都是一次生命的旅程
有的风在大雪里穿行
给石头带来彻骨的寒冷
有的风在沙暴里飞越
给石头带来埋没的风险

风吹过天空
给石头带来温馨
风吹过大地
给石头带来辽阔

风的流动给石头带来
鲜活的生命
让石头在戈壁里
坚定地活着

活在戈壁和荒漠里的
石头，都是好石头
饱经风霜的石头
都是好石头

如今，这块石头
来到我的书桌上
静静地躺着
陪伴我与风交流
不同的世事沧桑

旅游小知识

巴州风能资源

在巴州的草原、沙漠和山峰，随处可以感受到或湿润、或狂劲、或狂野、或凛冽、或裹挟着漫天黄沙的强劲的风扑面而来。河面上泛起涟漪，是风的行色匆匆；草原上绿草翻涌，是风的风情万种。

相传，唐玄奘沿莫贺延碛到达哈密绿洲后，在当地著名的白杨沟大佛寺讲授了一段时间的大乘教后，被高昌王鞠文泰派来的使者接到，他们没有走伊吾路回，而是想抄近路从大海道返吐鲁番。不料，刚走到若羌县境内的罗布泊地域时，就遭遇了沙尘暴，大风昏天黑地就扑了过来。在此危机关头，玄奘骑的白龙马化为一条白龙，与沙尘暴展开搏斗，把玄奘和使者保护住。

等到沙尘暴过去，白龙马已变成了高高的白龙堆，唐玄奘感念白龙马的救护，称此地为“白龙堆”。一行人返回到伊吾路，沿东天山终于安全到了吐鲁番。

巴州拥有丰富的风能资源，库尔勒年平均风速1.5~2.7米/秒，轮台1.5米/秒，其他各地均在2.0米/秒以上，若羌、库尔勒、巴音布鲁克最大，罗布泊是全国闻名的风场之一。一年中春季风大，秋冬季小。最多风向库尔勒、尉犁、若羌、且末为东北风，其他地区为西北风。最大风速19.0~25.0米/秒，年大风日数（7级以上）12~34天，若羌、库尔勒、巴音布鲁克最多，轮台少。

第七辑

穿越“死亡之海”

埋在沙漠下的家园

再次踏入塔克拉玛干，举目四眺，满眼尽是无边无际的沙丘，在这个号称“死亡之海”的地方，映入眼帘的或蜿蜒曲折，或静默深思，或尽情飞舞的浩瀚沙海，其外看不到丝毫的生命迹象，哪怕是被太阳烘烤得滚烫的天空中，也同样看不到一只小小的飞鸟掠过。

公路两边，除了一望无际的沙漠，间或会有遒劲沧桑的胡杨耸立其中，干枯龟裂的树干诉说着千百年的风霜，扭曲的身姿彰显着遗世独立的傲骨。远处，一个个红柳包，盘根错节，密密麻麻。红柳枝条随意弯曲着，向左右自由地伸展着自己的肢体，将沙丘织成一张理不出头绪的红柳网。

一直行驶在沙漠里，看着这无边无际的沙丘。像大海一样，波浪般起起伏伏，向远方延伸。去的那天，天气晴好，虽然看不到“随风满地石乱走”“平沙莽莽黄入天”诗中景象，却感觉到这一地的黄沙连接到天边的天地无垠的空幻感。

罗布人村寨（王汉冰　摄）

东晋高僧法显和尚，是历史上记载的第一个到印度本土的中国求法僧人。在他们一行 7 人穿越塔克拉玛大沙漠时，留下了“行路中无居民，沙行艰难，所经之苦，人理莫比”的记载。

20 世纪初，瑞典著名探险家斯文·赫定曾经两次进入塔克拉玛干边缘，两次都迷失了方向，身边的随从和骆驼都葬身在大漠之中，只有他和仅剩一名助手凭着丰富的野外生存经验，历尽艰险才走出沙漠。他在《亚洲腹地探险记》中写道：这不是生物能够插足的地方，而是死亡的大海，可怕的死亡大海！从此，塔克拉玛干有了另外一个名字：死亡之海……

塔克拉玛干沙漠，北倚天山，南望昆仑，面积 33.76 万平方公里，在世界上仅次于非洲撒哈拉沙漠，相当于浙江、江苏、安徽三个省面积总和。

我曾经请教过当地的史志专家，“塔克拉玛干”究竟蕴含着什么意思，专家告诉我，维尔吾语就是“埋在沙漠下的家园”或“废弃的家园”。

“这个名字是不是有什么特别的含义？沙漠下面真有家园吗？”看着我不解的表情，这位专家略显沉痛：“这片沙漠下，不知埋藏了多少人类文明。”他说，一千多年来，塔克拉玛干沙漠南缘已经向南延伸了一百多公里。接着，他谈起了古西域精绝、尼雅。

历史上，精绝曾经是享誉丝绸之路的西域三十六城邦之一，它的尼雅古城，千百年来像一座幽灵城一般，在人们的传说中在漫漫黄沙中神出鬼没，似乎是无法破解的历史谜团吸引着世人的目光。直到上世纪初，斯坦因发现了位于塔克拉玛干沙漠腹地的尼雅遗址，其间散落房屋居址、佛塔、寺院、城址、陶窑、墓葬、果园、水渠等各种遗迹约百余处。

据国内外不少考古学家和地理学家考证，是古老的尼雅河水养育了尼雅人，2000 多年前的尼雅人，就是依草丰水足的尼雅河两岸建屋而居住，才留下了今天的尼雅遗址。

查遍资料，我不知道，是从什么时候起，尼雅人美丽的家园消失了。我更不知道，是从什么时候开始，流入沙漠的河流变成了干涸的河床。

不仅是尼雅，在塔克拉玛干沙漠的强大摧毁性力量下，楼兰、尼雅、龟兹、精绝，这些耳熟能详的名字，这些载于史籍、灿烂一时的国家，如今，唯余那些废墟，安静地遗留在沙漠的腹地，远离了人们的视线。

如果不是历史的确切记载，我难以想象，在这样的死亡之海中，曾有过一片片滋养人类文明的绿洲，有过一座座丝绸之路上的繁华古城。

新疆，特殊地理环境造就了独特的生态环境，在这里，有水，就有生机；有河流，就有绿洲。站在塔克拉玛干沙漠的沙丘上远眺，茂盛的胡杨林、成片的湿地、丛丛芦苇、群群水鸟，绿洲的秀美似乎还历历在目。如果时光倒流，我想我此刻应该能驻足河边，看到湍急的河水流过绿洲，绿洲里，炊烟袅袅，古老的街道人来熙往，寺院内香烟缭绕，信徒虔诚跪拜，祈求有水常流，有树常绿。沿着丝绸之路汇聚到这里的客商喝碗茶，添置一些生活用品，牵着驮满货物的骆驼重新上路。城市旁边芦花飞舞，绿树成荫，飞鸟翱翔，瓜果飘香……

诗体游记之十五：

我坐在沙漠边沿上

再往前走，还是沙漠
走与不走，沙漠缠绕了我
从内向外，从外向内
一粒沙子能够触及我的灵魂

我的心因此静了下来
能看见空中
经年流浪的沙子
归属家园时的安详

这里曾是过去的海
消失的家园，沉入岁月的海
静静地，静静地
在沙漠中浮现，升腾

这时候，夕阳悄悄地赶来了
把沙漠照得金黄，把天空照得透亮
我终于看见，一望无垠的海水
从离太阳很近的地方
慢慢向我涌来，远远地
还有一叶舟缓缓地飘来
飘动的风帆，像不愿远去的岁月

虚幻也是美好的
我看得有些累
慢慢靠在沙丘上
等候月亮上来，再带来
她那些顽皮的孩子，那些
爱眨眼的星星

渐渐地，天地模糊不清
沙子似乎沉入海底
或者飞上天空

旅游小知识

大漠深处的时光琥珀——罗布人村寨

当塔克拉玛干的沙粒在晨曦中泛起第一缕金辉时，游客们站在塔里木河古河道隆起的沙梁上，眼前这片被大漠环抱的秘境，如同天神失手打翻的调色盘——赭红雅丹如凝固的火焰，灰白盐碱地似月海陨落，翡翠般的胡杨林在沙海中若隐若现，而罗布人用芦苇与红柳枝编织的村寨，恰似搁浅在时光长河里的古老方舟。

踏入罗布人村寨，首先映入眼帘的是无垠的沙漠。金色的沙粒在阳光的照耀下熠熠生辉，宛如金色的海洋，波澜壮阔。沙漠的风，带着原始而粗犷的气息，轻轻拂过脸庞，仿佛是大自然在低语，诉说着千年的沧桑与变迁。胡杨，更是被誉为"沙漠中的勇士"，它们挺拔的身躯，如同守护这片土地的忠诚卫士，见证了罗布人村寨的兴衰更替。

破晓时分，塔里木河的支流仍在薄雾中沉睡。罗布人推开芦苇棚屋的木门，羊皮囊里的罗布麻茶尚有余温。他们走向村口的守望胡杨，粗糙的手掌抚过树干上龟裂的纹路，那纹路里藏着三百年风沙的密码。晨光穿透胡杨金黄的叶隙，在沙地上写下跳动的楔形文字——这株曾被斯文·赫定记载的"沙漠卫士"，至今仍在续写着生命传奇。

村寨的苏醒带着大漠特有的韵律。女人们用卡盆（独木舟）在河湾处打捞晨雾凝成的水珠，孩子们追逐着掠过沙丘的沙蜥，远处传来卡龙琴苍凉的长调。他们从怀中掏出祖传的羊胛骨卦，骨片落地的脆响惊起两只红嘴山鸦，它们掠过烽燧残存的夯土台基，羽翼在朝阳下划出青铜色的弧光。

罗布人村寨，不仅是一片风景如画的土地，更是一个充满文化底蕴的宝地。这里，居住着勤劳、勇敢、智慧的罗布人，他们世代在这片土地上繁衍生息，用自己的双手和智慧，创造出了独特的罗布文化。罗布人的传统村落，是这片土地上的瑰宝。那些用泥土和芦苇搭建的房屋，虽然简陋，却充满了生活的气息和温馨。

当最后一批游客散去，村寨显露出它最本真的面容。罗布人点燃沙枣木炭火，将白天捕捞的塔里木裂腹鱼抹上盐巴烘烤。火光映照着墙上的挂毯，那些用植物染料绘制的图案里，有罗布泊消失前的天鹅，有玄奘西行时的驼队剪影。

游客跟随守夜人登上烽燧遗址，银河正从库鲁克塔格山脊倾泻而下。汉代戍卒刻在夯土层的划痕依然清晰，某道深沟旁歪斜地刻着“庚子年七月望日，见彗星东指”。今夜，两千年前的彗星似乎仍在银河深处闪烁，而远处沙漠探险区的车辙，已化作新的星轨图案。

清晨，游客会在村寨博物馆看见镇馆之宝：碳化的麦粒与青铜箭簇共处一室，清代的茶砖与卫星遥感图相邻而列。玻璃展柜里的独木舟残件，与窗外停泊的现代卡盆形成时空映照。导游抚摸着墙上的泛黄照片：“这是三十年前的村寨，那时胡杨林比现在往南延伸五公里。”

正午的烈阳下，游客站在“三千年不死”的胡杨王面前。它的树干已被掏空成天然树屋，罗布新娘曾在此存放嫁妆，丝路商人曾在此躲避沙暴，科考队员曾在此整理标本。“沙如水逝，城似舟行。”在这片沙漠与绿洲永恒博弈的土地上，罗布人村寨始终保持着微妙的平衡：既留存着《汉书》记载的“泽中有野麻，其籽可食”的原始记忆，又接纳着无人机测绘与生态监测站的现代光芒。

罗布人村寨的风景名胜，不仅仅是大自然的馈赠，更是罗布人智慧的结晶。这里的人们，用自己的双手和智慧，创造出了许多独特的景观和建筑。他们利用沙漠中的芦苇和泥土，搭建起了别具一格的凉亭和栈道；利用胡杨木的坚韧和耐用性，制作出了精美的家具和工艺品……这里每粒沙都是凝固的时光，每株胡杨都是站立的史诗，而罗布人用红柳枝写就的生活之书，永远在沙漠与河流的对话中续写新篇。

揭开沙埋宝藏的神秘面纱

蒙古语中，塔克拉玛干沙漠被称为“神秘的地方”，是“安营扎寨的沙漠”，唐玄奘在《大唐西域记》中曾记述了这样一个传说。

位于塔里木盆地里的“曷劳落迦城”，曾经是一个富裕祥和的城市，但是这里的居民不敬神佛，逐渐变得贪得无厌，甚至欺凌过往僧侣。一天，一位圣人路过这里扮作游方僧人，祈求施舍，反而被人们羞辱，只有一位善良的居民救济了他。圣人临走时对这位善良的居民说，七天之内将有黑风暴毁灭这座城市，只有你一个人能得救。这位居民虽然提前将这个消息告诉了所有的居民，但没有一个人相信他所说的话，七天之后，一场铺天盖地的黑风暴席卷而来，除了这位曾救济过圣人的居民外，全城居民连同无数的珍宝被掩埋在流沙之下。后来，有贪财者试图去探险挖掘，然而不论是谁，只要接近这座城市，就会有狂风骤起，烟云会合，道路迷失，将贪财者埋没。

玄奘法师

虽然是传说，但数千年来，确实有无数的人在塔克拉玛干探险，最有名的当数探险家斯文·赫定和考古学家斯坦因，当他们怀着忐忑激动的心情踏上这片未知而神秘的土地，他们无一例外地曾在这片沙漠中迷失，在斯文·赫定的回忆录中，他曾经无数次迷失于塔克拉玛干埋藏着古城和无数宝藏的传说，但他一生最艰险的时刻就发生在这里。出发时，带着第一脚踏上沉睡千年的因风沙侵蚀而残破斑驳的古城的希望与幸福，他们一行人激情满怀。在沙漠中，尽管有当地向导，他们还是迷失了方向，当时正值中午，遮天蔽日的风沙扑面而来，无数块沙砾带着狂怒的哨音扑打在人们身上。很快，带的水用尽了，不得不掘井寻水，却仍然一无所获，最后，只有他和一名同伴凭着干涸河道积存的一小洼水侥幸脱险。时隔多年，斯文·赫定仍然心有余悸地说，这是“我在亚洲东奔西跑中最悲惨的时刻！”。

塔克拉玛干，令人敬畏，更给人留下死亡之海的恐怖、惊险。

进入 20 世纪 50 年代，亿万年荒凉的塔克拉玛干终于因一群人的到来，留下了更多的故事和“财富传说”。1958 年，石油部东疆指挥部数千工人打破这里的寂静，一批批石油工人踏足这块地方，历尽艰辛，纵横驰骋于沙漠南北，塔克拉玛干厚重神秘的面纱被石油工人轻轻撩开了一角。

接下来的几十年里，一批批石油工人骑着骆驼、扛着设备，进入塔克拉玛干沙漠寻找传说中的宝藏。面对着比斯文·赫定和斯坦因等探险家感受到的更为险恶的环境，沙暴、酷暑、严寒……石油工人始终没有放弃，他们不仅来了，更留了下来，扎根在这里，几代石油人把青春甚至生命都献给了这片土地。

“春秋风沙满天跑，夏天酷热蚊子咬。只有冬天天气好，可惜冷得受不了”“天上无飞鸟，地上无花草。沙子满天飞，世界隔绝了”。这两首打油诗形象地描绘了塔克拉玛干的环境。气象资料显示，这里年降水量仅有 25 毫米，年蒸发量则高达 3800 毫米，最高气温达到 46℃，最低气温达到零下 35℃，全年沙尘天气高达 180 天以上。

这样极端的环境，依然没有挡住一代代石油工人战天斗地的豪情。

1958 年 9 月 23 日，库车依奇克里克一号井喷出工业油气流。

1976 年 5 月 17 日，叶城柯克亚构造上的柯参 1 井喷出工业油气流，并发生强烈井喷。

1984 年 9 月 22 日，塔北雅克拉沙参 2 井在井深 5391 米白云岩中获高产油气流。

1987 年和 1988 年，塔北隆起的轮南 1 号和 2 号井在多组含油层系中获得工业油气流。塔里木石油会战全面展开。

石油人在这片死亡之海中，创造了一个又一个如同流传在这里的神话般真实的故事。如今的塔里木，机器轰鸣，井架林立，曾经的荒芜之地因为石油梦想而点亮，塔里木的石油工作者早已习惯了与黄沙、乱石为伴，日复一日平凡且枯燥的工作没有压倒他们的激情，哪里有油，哪里就是战场，钻机的轰鸣声就是征战的鼓点，喷涌的石油就是胜利的战果。

今天，如果法显和尚、玄奘法师再次穿越这片沙漠，他会在晚上看到大漠中一座座灯光闪烁的高塔，那是石油钻井平台通宵达旦工作的场景，给他们希望，照亮他们寂寞的旅途。如果斯文·赫定和斯坦因再次走进这片荒漠，他们一定会感觉到，在石油工人面前，他们的探险经历只是一次寻常的远游，而“宝藏”，早已经在石油工人面前揭开了面纱，而他们，再也不用担心在这里会无路可寻，狼狈至极，看到不毛之地在石油工人面前充盈丰沛起来，更不会感叹这是一片死亡之海，而是希望的油田。

诗体游记之十六：

沙漠与石油的哲学命题

沙漠里看不到石油
我只能在风声里
听石油流淌的声音

即使风平浪静
我也能从沙子窃窃私语中
听到石油的声音

沙子和石油，曾经休戚与共
共同支撑远古时代
大海和陆地的梦想

沧海桑田，他们以
不同的面目呈现
心的距离又何其辽远

听沙子流动和石油流淌
有着不同而又相似的音频
穿越时空展现同一自然规律

石油石化产业

在沙子的光芒里寻找石油
在石油的组分里分解沙金
这是人类共同面对的命题

而石油人相信
找油总与艰苦为伴
越是沙漠和荒原，离石油越近

旅游小知识

阿尔金山国家级自然保护区

传说在巴州，有一座高耸入云的雪山。山顶终年积雪，云雾迷漫，泉水泛涌而成的山湖，清澈如镜，人们都说这是天神隐居的地方。

一天，一位年轻的猎人在山顶湖岸忽然发现一群天女在湖中嬉戏，那婀娜的身姿、动人的笑语使猎人惊羡不已。他悄悄拿来一副套马的皮挎索隐身窥视，天女们尽情地追逐戏耍，丝毫不觉。猎人飞来皮挎索套住其中一名天女，其他人惊慌躲入云端。猎人向被套的天女求爱，天女应允。但欢爱是短暂的，由于天上人间悬殊，两人当天便分手了。后来天女怀孕，重又回到与猎人相遇的山湖旁边，生下一个男孩。但是她不能在人间常住，将孩子放入自编的摇篮里挂在树上，又派一黄色小鸟日夜守护，为之鸣唱，然后悲痛地回到天上去了。

仙女生下的孩子慢慢地长大了，看到别的孩子都有母亲照料，自己却找不到母亲而天天郁郁寡欢，猎人心疼不已，告诉了他的身世，他就带上行李，与黄色小鸟一道向皑皑雪山奔去。一路上，他跋山涉水，风餐露宿。看一天他在山上遇到了暴风雪，狂风怒吼，大雪纷飞了三天三夜，眼看就要被大雪掩埋，这时，黄色小鸟向天悲鸣，它的同伴听到召唤，漫天而来，托起小男孩升到天空中。小男孩终于见到了母亲，而许多小鸟却被暴风雪裹挟而走，它们黄灿灿的羽毛落在雪山和草原上，变成了金子。

从此，人们把这块盛产黄金的地方，叫阿尔金山，阿尔金山的雪花融化后，常将这些黄金冲到河里，勤劳的人们，只要到河里淘金，从此不再贫困和饥饿。

阿尔金山国家级自然保护区是我国最大的自然保护区，面积 4.5 万平方公里，平均海拔 4500 米。由于保护区周围被高山阻隔，气候寒冷缺氧，人迹罕至，保留着以藏羚羊、野牦牛、藏野驴三大高原有蹄类野生动物为主要种群、保存完好的原始高原生态类型。保护区内群峰巍峨，峡深谷幽，丛林莽莽，是各类野生动物的天然乐园，生息着野骆驼、野驴、野牛、盘羊、藏原羚、藏羚羊、斑头雁、黑颈鹤、雪豹等珍禽异兽 50 多种，其中属国家级保护的珍稀野生动物多达 15 万余头。

荒凉的沙漠抱出“金娃娃”

汽车驶过轮南镇，来到了“塔里森沙漠公路”零公里处，一座壮观的沙漠公路彩楼映入眼帘，两侧绘有巨幅楹联：“千古梦想沙漠变油海，今朝奇迹大漠成通途。”

虽然不是第一次驱车走在这条路上，但还是难以抑制内心的澎湃，记得 20 世纪 90 年代沙漠公路未完全修通时，第一次到这里，乘坐沙漠牛头车一路颠簸，在杳无人烟的沙漠深处来回穿梭，不知经过多长时间的行程，几顶在沙漠中不起眼的简易帐篷进入视线。这里是塔里木油田物探队一个小组的野营地，迎上来的物探队员看到我们的到来，竟激动得热泪盈眶：“已经好久没人到这里来了！”

塔里木油田的一位老工人曾告诉我这样的故事，在塔克拉玛干沙漠边

沙漠油田

缘，间或有一小块绿洲的地方，往往有几户人家，这些人家靠放牧为生，日子平淡而单调，有许多人一辈子就固守在这个地方，从未出过沙漠。石油工人开着专业车辆驶进村时，村里的人从来没见过这个大家伙，纷纷跑回家躲藏起来。在窗口张望半天，看到石油工人下车才敢慢慢出来，小心地靠近。有个别胆子大点的，怯怯地伸手摸一下，再凑近一点看一看，终于还是想不明白这是什么东西。

“那时，我们搞物探的除了面对艰苦的环境，有时还面临着生死考验！”这位老工人说，在沙漠里赶路，万一天气骤变，狂风就会呜呜地怒吼，将流沙疯狂地扬起来，满世界飞扬，遮天蔽日，白昼变为黑夜，使人无法辨明方向，迷失在沙漠里，生死难料。

在塔里木油田开发的同时，中国石油就开始与中国科学院新疆生态与地理研究所合作，探索修建沙漠公路这一世界性难题，经过十多年的不懈努力，终于修建了全长四百多公里，将大沙漠拦腰斩断、一分为二，南北贯通的沙漠公路，被誉为“沙漠中的又一世界奇迹”，于 1999 年获得吉尼斯世界纪录证书。

大沙漠公路两侧，是起防护作用的芦苇保护网，保护网宽约五六十米，每个网格大约三十公分，横平竖直，分布均匀，犹如巨型棋盘，随着公路往前延伸。他们如同石油工人坚实的臂膀，阻挡流动的沙尘，保证公路畅通无阻。

继续向前走时，忽然看到芦苇网格前的植物生机盎然，而且成排成行、蓬勃生长。这些植物有高有低，高的一米多，矮的不足一米。有梭梭、红柳、芦苇等，显得生机勃勃，郁郁葱葱，密密匝匝地连成一体，组成了一道绿色的长廊。

同行的塔里木油田工人告诉我，公路修通后，塔里木油田即设置了防沙植物园、治沙研究站，从耐干旱、耐盐碱的173种植物中，筛选出88种植物进行了栽种。如今，塔里木油田秉承中国石油“奉献能源，创造和谐”的企业文化，提出“投产一座油田，建成一片绿洲”的口号，在沙漠里展开了规模宏大的绿化工程，沙漠绿洲面积已达4460公顷。人工种植3000亩肉苁蓉基地已建成，野兔、沙鼠等野生动物在这里安了家，90多种鸟类也纷纷飞来过冬，沙漠腹地到处呈现出一派人与自然和谐相处的美丽景象。

石油工人告诉我，正是有了这条路，加快了盆地石油的勘探开发，发现并建成了塔里木油田、塔河油田等现代化油气生产地，使荒凉的沙漠成为“聚宝盆”，成为西气东输工程的起点，为北京、上海等80多个大中型城市源源不断地输送油气，输送内地发展的血脉和绵绵不绝的动力，这里也由此成了“丝绸之路”经济带的重要支撑点。

令无数探险家闻之色变的荒凉的沙漠，终于被石油工人驯服了！经过石油工作者长达半个多世纪艰苦的勘探、开发，中国第四大陆上油气田——塔里木油田终于崛起在“死亡之海”上，如今，巴州已成为塔里木石油勘探开发的主战场和西部大开发标志性工程西气东输工程的起始点。据新一轮资源评价，盆地油气资源总蕴藏197亿吨，其中：石油资源量112.9亿吨，天然气资源量8.4万亿立方米，盆地剩余油气资源总量在全国各大油气田位居第一，天然气资源量列全国500多个盆地之首。

诗体游记之十七：

过塔中

昆仑绵绵隐雷动，沙丘连连似鼓鸣；
石油战旗丝路舞，楼兰重现尽欢颜；
韧性能连九连环，坚钢当断万仞山；
神钻贯地下九渊，气龙虎啸冲霄汉。

“只有荒凉的沙漠，没有荒凉的人生”

塔克拉玛干环境的艰苦，没有来过这里的人是想象不到的，这里夏天气温最高 50℃左右，地表温度最高达 70℃至 80℃，走在沙砾上，脚下好像升腾着炽热的火焰，放进一个鸡蛋几分钟就可烤熟。而冬季，滴水成冰，时常有冰雹袭击，狂风呼啸，可以轻易地卷走石油工人的简易帐篷。

“不畏艰辛，迎难而上，为了石油，奉献终生”，这是老一辈石油人在勘探路上的口号。几十年来，石油开拓者来到这一片荒凉无际的荒漠，先后六进六出。沙漠上，架起了一座座简易帐篷，挖出了高矮不一的地窝子、干打垒，整日一身砖灰色杠杠服、油工衣。一群群口音各异的创业者从四面八方赶来聚集到这块土地上，轰隆隆的钻机打破了大漠的寂静，他们的目标只有一个，那就是在这片亘古无人的沙漠上为祖国再奉献一座大油田。

“一年一场风，从春刮到冬；风吹石头跑，天上无飞鸟。”渺无人烟的沙漠，无边无际，大雪纷纷，狂风萧萧。他们喝的是冷风，吃的是稀粥。没有现代化的设备，靠着一双双粗粝的手，人拉肩扛，打出了第一口油井。

今天，迎着沙漠早起的朝霞，石油人唤醒了大漠沉睡的每一天。一口井，一群人，常常成为这里最美丽的风景。事实上，恶劣的环境并不是让他们最头疼的事，百万年沧海桑田，塔克拉玛干的地质构造就像“一摞盘子被摔碎在地上”，油气勘探面临着世界级的难题。

到达塔中油田后，我们换乘专门的沙漠车，前往最近的钻井队。一路颠簸，20 多分钟后，我们终于到达目的地，沙漠里，只有一个“磕头机”、一个储油罐、一排临时板房。

长时间在沙漠中工作，这里的石油工人无一例外都是面目黝黑，满脸沧桑。沙漠中长期单调而寂寞的生活，使他们普遍不善言谈，浑身透着只有石油人才有的淳朴与憨厚。

钻井队队长告诉我，虽然他将家就近安置在库尔勒，但他已经三个多月没回家了，这里的工人每天两班倒，一个班必须在钻井平台上待满 12 个小时，除了 2 个月一次的休假外，他们必须时刻坚守在岗位上。他说，石油人是随井架子走的，井架子搬到哪里，石油人就奋战在哪里。

他说，干石油时间长了，出油，对他们来说是最能调动情绪、最激动人心的时刻，一口油井，钻井深度可达 6000~7000 多米，周期长达 1~2 年，钻井期间每天需要 24 小时值班，而等到出油那一刻，石油工人长期压抑的情绪得到了瞬间的释放，欢呼声在沙漠中回荡，大地也会随之久久震颤、回响。

此言不虚，有例为证。如今的塔克拉玛干，在石油工人脚下已经不再神秘，哪里最艰苦哪里就有他们的身影，不毛之地，他们留下了深深的探索足迹；风餐露宿中，他们顶沙暴，冒酷暑，用坚实的脚步丈量这片沙漠；寒风凛冽下，他们战井喷，斗严寒，用青春和汗水换来中国石油工业新希望。

沙漠胡杨（周德军　摄）

巴音郭楞，蒙古语意为“富饶的

流域”，如今，这里的人们切身感受到了“富饶”的含义。在石油开发的带动下，巴州生产总值从 1989 年的 13 亿元到 2023 年突破 1600 亿元，在南疆轮台县委县政府楼前，一座“金钥匙”雕像格外引人注意，当地人是这样解说这座雕像含义的：几千年来，面对宝藏传说，无数人走进塔克拉玛干，要么丧身沙漠，要么空手而归。只有石油人找到传说中宝藏的金钥匙，打开了地下藏了百万年的油气宝藏，才让这里的人们过上了有滋有味的好日子。

诗体游记之十八：

大漠情怀

海枯石烂，荒野毕现
日月消隐，点沙成金
一杯苦水，浓缩千年风霜
一簇芦苇，展现苍茫人间

大风不语，沙尘漫天
冰露清寒，月挂长天
一滴清泪，融化情怀万千
一缕红柳，晾尽世间悲欢

旅游小知识

世界最长的贯穿流动沙漠的等级公路

19 世纪末，瑞典探险家斯文·赫定在塔克拉玛干沙漠遭遇一场风暴后，水尽粮绝，仆人失散，骆驼死去，当他和仅剩的一名助手狼狈不堪地逃出沙漠后惊恐万分地说:“可怕!这不是生命所能插足的地方,而是可怕的死亡之海!”此后,塔克拉玛干有了另一个名字:“死亡之海”。沧海桑田,今天的死亡之海中不仅发现了震惊世界的油气田,而且修建了世界最长的贯穿流动沙漠的等级公路,人们不禁说:“死亡之海现在活了!”

塔克拉玛干沙漠公路,也称塔里木沙漠公路,是世界公路史上的奇迹,其中,起点巴州轮台县,穿越塔克拉玛干沙漠腹地到达和田地区民丰县的路段于1999年获得吉尼斯世界纪录证书。这里如今已是石油勘探开发的主战场,是中石油、中石化的主力油气田基地,途经轮南油田、塔河油田、塔中油田,不仅带动了地方经济的发展,也成为众多旅游者前去观光的目的地。

塔克拉玛干沙漠公路分别有:轮台县至民丰县、阿拉尔市至和田市、阿拉尔市至且末县塔中镇、尉犁县至且末县、图木舒克市至昆玉市。

诗体游记之十九:

大漠

把自己打碎,暴晒在阳光里
就这样晒着,一晒千年
这样的坦荡,让人心醉

人世间多少锦树繁花
独缺少这份苍凉如许

这样的苍凉,月亮和星空
都很无奈,谁能在锦树繁花里
找到旧日时光

沧海桑田，大漠
在孤独中泅渡平生

这里的一切都过于直白。沙漠坦荡地裸露着，一望无际。近看，是生命的尽头，把生命打磨成一颗颗细沙，需要多少时日？需要何等的勇气？远看，是透明的海洋，把天空连接，诱惑你走过去，采撷大海的风景。可真走，你是怎么也走不过去的。

戈壁平躺着干枯的身躯，她是石头和土的木乃伊。风从戈壁上掠过，把水分一点点吸干，直到戈壁上的每一块石头都被风吹得透明。

大山因光秃显得更加孤立。孤独绵绵不绝，一览无余。与沙漠和戈壁相比，大山离火红的太阳、孤冷的月亮更近，月亮、太阳、孤独的大山，横挂苍天。

而这里的生命更加直接，给我一滴水，还你一片绿叶；给我一片树荫，还你一片阴凉。

河流则说，我走到哪里，哪里就是一片绿洲，哪里就有生命，就是人间胜地；我离开哪里，哪里就是干裂和衰败，就是戈壁、沙漠，就是死亡景象。而我的命运，却是无可奈何的消失、消失。

一匹马跑不出草原，一个人走不出沙漠，结伴而行的都是我的亲人，他们把生命的真谛诠释，性情豪爽，胸怀坦荡。

特产：轮台小白杏

在轮台，自古有一个美丽的传说，昆仑山上种有仙境的小白杏，一天，一群仙女在昆仑山上采摘了白杏准备返回仙境，发现沙漠之中有一片绿洲——轮台。

久居天庭的她们决心探访民间风情，于是就摇身变成美丽的村姑，挑着一担小白杏叫卖。到了一个城镇后，小白杏浓郁的香甜很快弥漫开来，人们围拢上来，看到一粒粒金黄色的杏子，在阳光下闪着诱人的光泽，令人垂涎欲滴，就争相购买。仙女边为众人称量边问回去买给谁吃，年轻人说孝敬老人，老人说给小孩吃，小孩子说给辛苦了一天的父母吃。仙女感受着浓浓的淳朴民情，看到人们尊老爱幼，于是腾空撒杏。从此，这里十里杏林，花红叶绿，甜美的仙杏恩泽世代。

一方水土养一方人，轮台享有“中国小白杏之乡”的美誉，轮台小白杏栽培历史已达 2500 多年。该杏具有与众不同的特点，果实呈卵型，色泽浅黄透明，光滑无毛，果肉黄中透白，细嫩无渣，入口绵甜清爽、离核、杏仁甜耐嚼，甘味悠长。轮台小白杏不仅鲜食美味可口，制成的杏干、杏脯、杏酒、杏汁的深加工产品同样品质优良，口感香醇，深受广大消费者的喜爱。

旅游小知识

巴州光热资源

在亚欧大陆深处，塔克拉玛干沙漠东北缘，巴音郭楞蒙古自治州以大地为琴，用阳光作弦，演绎着一曲跨越千年的光热交响。这片占中国国土面积 1/25 的广袤土地，年均 3137.4 小时的日照时长如同永不熄灭的聚光灯，将自然禀赋与人文智慧熔铸成独特的文明密码。当科学数据与神话传说在此相遇，巴州的光热资源展现出超越物理维度的深层意蕴。

巴州的地理构造堪称造物主的能量剧场。天山与昆仑山的褶皱将这片土地分割成塔里木盆地、焉耆盆地和尤尔都斯盆地三大单元，海拔落差达 4800 米的垂直地理格局，形成天然的能量阶梯。开都河九曲十八弯的河道如同巨型抛物面镜，将阳光聚焦在巴音布鲁克草原，造就了年均

塔克拉玛干沙漠（王斌 摄）

5629~6562 兆焦耳 / 平方米的太阳辐射量。这种独特地形不仅创造了中国最长的无霜期记录，更让每立方米的空气里都饱含光的能量。

在天山南麓的戈壁滩上，昼夜温差可达 30℃的极端气候塑造出特殊的地貌肌理。白天炙热的阳光将岩石表层加热至 70℃以上，夜间急剧降温产生的应力使岩石裂解，形成独特的“光蚀地貌”。这些被阳光雕刻的雅丹群，既是自然力量的纪念碑，也是光能转化的活体实验室。

楼兰古城出土的汉代铜镜，表面至今泛着幽暗的光泽。这件文物揭示了古代丝路先民对光的原始崇拜与利用智慧。在米兰遗址发现的“光井”建筑，通过精确的采光角度设计，将阳光引入地下空间，成为世界上最早的被动式太阳能建筑范例。这些遗迹证明，巴州先民早已掌握将光热转化为生存能量的密码。

蒙古族史诗《江格尔》中描绘的“九阳之地”，在巴音布鲁克获得现实注脚。当地牧民发明的“叠层放牧法”，根据山体不同海拔的光照差异安排牲畜迁徙路线，使羊群始终处于最适宜的光热环境中。这种传承千年的游牧智慧，构建起人、畜、光和谐共生的生态系统。

在塔克拉玛干沙漠边缘，全球最大的单体光伏电站群正在崛起。超过 1200 万块光伏板组成的蓝色海洋，每年可减少 300 万吨二氧化碳排放。更具革命性的是“光伏 +”模式的创新：板下种植耐阴牧草，板间养殖沙漠家禽，构建起立体能量循环系统。这种“一度电三重收益”的范式，重新定义了光能利用的边界。

光热资源正在重塑巴州的农业基因。库尔勒香梨通过光周期调控技术，将糖分积累效率提升 40%；焉耆盆地的酿酒葡萄园引入光谱分析系统，实现风味物质的精准调控。当农业遇上光子工程，传统产业焕发出科技之光。

站在开都河湿地观景台，落日将九曲河道染成金色缎带，“九个太阳”的奇观年复一年上演。这既是蒙古族先民对自然现象的诗意诠释，也是当代巴州发展的绝佳隐喻——通过科技与智慧的棱镜，将太阳能量折射出多元价值。从丝绸古道的驼铃到光伏矩阵的电流，巴音郭楞正在书写光热文明的新篇章，证明最古老的能源依然蕴藏着改变未来的无限可能。

第八辑

“无缰野马”塔里木河

“沙中之水”塔里木河

塔里木河被称为“无缰野马”，是南疆各族人民千百年来赖以生存、繁衍生息的“母亲河”，全长2179公里，是我国最长的内陆河。古突厥语中塔里木河的意思是“沙中之水”。历史上曾是丝绸之路上重要的生命线。公元2世纪时的希腊地理学家托勒密在他的著作《地理志》一书中把塔里木河称作奥伊哈尔德斯河。

塔里木河由发源于天山的阿克苏河、发源于喀喇昆仑山的叶尔羌河、和田河汇流而成。流域面积19.8万平方公里，最后流入台特玛湖。塔里木河自西向东绕塔克拉玛干大沙漠贯穿塔里木盆地。

关于塔里木河的起源，还流传着一段动人的传说，传说有一年，塔里木河盆地的台特玛湖干涸了，人畜都濒于死亡，罗布人考干毅然决定主动

斯文·赫定拍摄的罗布人刚刚捕获的大鱼

出去为大家寻找水源。考干披星戴月，风餐露宿，翻过了九九八十一道沙山，走过了七七四十九条河床，也没能找到河流，他已断水断粮好多天，可他想到家里的妻子和乡亲们在苦等他的消息，等他找到水源，就顽强地向前走，最后饥寒交迫，竟渴死在戈壁滩上，他的身体变成一条波涛澎湃的大河，挽救了家乡人民的生命。

他的妻子听说后，一路狂奔来到河边，看着波动的河水望眼欲穿，日夜呼唤考干回来。每当月色明亮的时候，妻子都能在河面听见考干说唱的声音，河水漫流到哪儿，哪儿就有考干，妻子也循声而去。就这样，河水时而流过沙梁，时而绕过胡杨林，时而又穿过干河滩，妻子随水而行，直到东方泛白，最后变成了罗布麻，她留下脚印的河岸、沙滩、海子边，到处都长满了罗布麻。夏天罗布麻一开花，花儿密匝匝地迎风摇曳，好像妻子在河畔呼唤考干时动人的身影。

塔里木河河水流量因季节差异而变化很大。每当进入酷热的夏季，积雪、冰川融化，河水流量急剧增长，就像一匹“脱缰的野马”奔腾咆哮着穿行在万里荒漠和草原上。塔里木河流域在地域上包括塔里木盆地周边向中心聚流的九大水系和塔里木河干流，塔克拉玛干大沙漠及东部荒漠区。九大水系是——孔雀河水系、迪那河水系、渭干河、库车河水系、喀什噶尔水系、叶尔羌河水系、和田河水系、克里雅河小河水系、车尔臣河（且末河）小河水系，从 20 世纪 50 年代开始，由于盲目开发、人为破坏，致使塔里木河两岸的草场植被严重毁坏，每年两万余亩耕地被河水冲毁。河床抬高、变宽，改道频繁，自然灾害频发。中游盐碱化现象日益突出，下游地下水位急剧下降，河水断流天数增加，塔克拉玛干大沙漠开始向北移动，生态环境日益恶化，“绿色走廊”岌岌可危。从 20 世纪 70 年代开始，塔里木河连续 30 年出现断流。

1997 年我到塔里木河采访，没有看见草长莺飞、野兔飞奔的景象，只看见大片枯死的胡杨。多年过去了，我的脑海里依然深深地刻着塔里木河干枯绝望、无声哭泣的形象。

诗体游记之二十：

离别曲

河流转弯的地方
云儿端来了佳肴，风儿吹来了酒香
人间天堂摆出盛宴，我喝两壶酒
一壶来自天山，一壶来自昆仑

河流转弯的地方
一棵流泪的胡杨，几千年都长不大
几万年都不老，逐水而生，遁水而枯
坚韧、孤傲，一条河流血脉相传

河流转弯的地方
风吹驼铃，一响千年，婉转百结
地老天荒，海枯石烂，楼兰米兰
美女英雄，谁不是过客

河流转弯的地方
谁点燃了炊烟，谁的温暖让明月高悬
落花有意，流水无情
春夏秋冬都已轮回，途穷的地方
岁月的印痕飘向天际
谁的梦里坠落大漠的彩虹

我知道，我最终不能成为一颗石头
留在这里听风的歌唱
我也不能成为一粒沙子
在时光中回响，我只是一滴水
为生而流动，为绿而灿烂

贴近荒漠我并不低微
荒漠是大地的沙滩
触及天空我并不高贵
天空中飘荡莫测的风云

河流转弯的地方
一段明丽时光，照映人生旅途
塔克拉玛干印在灵魂深处
未来时日，我随时准备
让时光倒转，回到命定的家园

“奔跑”的河流

新疆的河流，与内地不同，都有自己鲜明的个性。额尔齐斯河，像一位阅尽岁月的老人，流速缓慢，河水清澈，是我国唯一注入北冰洋的河流；伊犁河则如同一位叛逆期的少年，从来不走寻常路，一江清水独自向西流淌。

而塔里木河，在维吾尔语里，意为“脱缰野马”，意思为“一匹马，没有绳子，在奔跑”，她就像一位恣意而为的孩子，在库车前陆盆地内南北长期摆动，狂野而辽阔。

千百年来，人们依靠着塔里木河水的滋养，在新疆南疆这片土地上安居乐业，繁衍生息。历史上塔里木河有“南北之分”，塔里木河最北与最南的古河道之间摆动宽度达 80~130 千米。塔里木河河水主要依靠上游山地降水、高山冰雪融水。阿克苏河口到尉犁县南面的群克尔一带，河滩广阔，河曲发育，河道分支多。洪水期无固定河槽，水流泛滥、分散，河流容易改道。在河谷洼地易形成湖泊、沼泽。群克尔以下河道又合成一支。历史上塔里木河河道南北摆动，迁徙无定。最后一次在 1921 年，主流向东流入孔雀河注入罗布泊。

“怎样驯服这匹脱缰野马？”塔里木河流域生态日益恶化，引起了国家、新疆各级政府和社会公众的广泛关注。2001 年，国务院批复了《塔里木河流域近期综合治理规划报告》，斥资 107.39 亿元对塔里木河进行全方位生态治理，一场声势浩大的拯救塔里木河的行动正式展开。

塔里木河近期治理项目的实施，有效缓解了流域生态严重退化的被动局面，促进了流域各地经济社会发展。生态输水结束了塔里木河下游河道连续断流 30 年的历史，实现了“水流到台特玛湖，塔里木河干流上中游

塔里木河（周德军 摄）

林草植被得到有效保护和恢复，下游生态环境得到初步改善”的规划目标，塔里木河两岸植被重见生机，下游植被恢复面积达1333平方公里，植物物种由17种增加到46种，大量的盐渍化耕地得到改良，沙地面积减少204平方公里，塔克拉玛干、库鲁克塔格两大沙漠合龙的趋势得到有效遏制，218国道经常被沙埋的问题基本得到解决，以往难觅踪迹的野生动物也已变得常见，生态环境得到有效保护。在塔河流域兴建了许多水利设施。各族人民的辛勤耕耘，使昔日荒漠变成桑田，塔河两岸瓜果满园，稻花飘香。

斯文·赫定笔下的塔里木河

2013年，我再去塔里木河采访时看到的已经是一幅生机勃勃的画卷：干涸了多年的塔里木河下游，小草遍绿河床，胡杨林、红柳、芦苇等植物开始露出翠色，以前濒临绝迹的小鸟、野兔、刺猬等小动物又开始在这里追逐嬉戏……

今天的塔里木河，不仅河水日渐丰沛，还是闻名全国的罗布麻产地，塔里木河沿岸长着800万亩罗布麻，巴州的罗布麻名冠全国，它纤维细长、拉力强、柔软而有光泽，耐温而又抗腐蚀，用途很广，可成60~160支高级细纱，与棉、毛混纺成高级衣料；又是制作国防、航运、渔业绳索的最好原料。罗布麻一身是宝，秆可作造纸原料，叶可作饮料或饲料，根茎、叶所含乳胶液可提炼橡胶。

传说：巴州棉花

在巴州，流传着一个美丽的传说。

在很久以前，大地上并没有棉花，寒冷的冬天，人们只能躲在山洞中发抖。一个偏远的小村庄，一个孩子被取名吴寒，意思是希望他可以没有寒冷。可是，每年的冬天对他都是巨大的考验，只有等到太阳出来，寒风中瑟瑟发抖的吴寒才能感到一丝暖意，每次出太阳的时候，他都会羡慕地看着太阳旁边的白云，那里应该会很暖和吧。他突然灵光一闪，对，白云！那些云彩天天被阳光温暖着，要是能采下来，村民们就不会挨冻了！ 于是他在风中启程了，他坚信只要爬上天边最高的山一定能采到白云，用那些白云温暖寒风中的人们。

迎着刺骨的寒风，吴寒朝着天山山顶一步步向上爬。草鞋被脚下的冰雪冻住了，他脱下草鞋继续爬；衣服被山上的树枝划破了，他裹裹衣服继续爬；草帽被呼啸的风卷走了，他头也不回继续爬！终于，离山顶越来越近了，这时，他脚下一滑，顺着山崖跌了下去，醒来时，却发现自己躺在地上，一位美丽的姑娘正精心地照料他，原来这位姑娘叫棉，在山脚下居住，上山时救了吴寒。当棉姑娘得知他要采白云救助乡亲时，被他的善良勇敢感动，决定帮助这个小伙子。两个人一起向天山山顶爬去，到山顶时，只见白色的云朵，轻柔地飘荡着，山下美景尽收眼底。吴寒顾不上激动，忙伸手就要去取那些暖融融的云，这时不小心脚下一滑，向山下摔去，这时棉姑娘奋不顾身扑了过来，用力把他推上山顶，姑娘自己却摔了下去。

吴寒抱着柔软的白云，从地上爬起，忍不住潸然泪下，眼泪打在怀里的白云上，白云渐渐缩小，变成了一颗颗种子。吴寒和乡亲们怀着疑问把这些种子种到地里，等种子成熟的时候，人们笑了，真的结出了白云！ 从此人们不再惧怕寒冬，有人问这种新植物的名字，吴寒便会深情地告诉他们：“棉。”而人们为了记住那个花一样美丽的姑娘，便称之为——棉花。

巴州是新疆乃至全国重要的高品质细绒棉和优质长绒棉产区之一。棉花纤维长，品质高，色泽好，一、二、三级品率在73%左右，在国际国内市场中具有很强的竞争力。

“绿色走廊”的治水之道

世界上恐怕再没有任何一个地方像新疆这样，水对人的生存，水对生命的催发与扼断，是如此地直接与坦白。一滴水可以催生一个生命，一条河滋养一片绿洲、一个世界；一条河消失了，一个绿洲随之消失，一滴水干枯，一个生命马上逝去。

自然就是如此地残酷，如此地让人忍不住唏嘘。楼兰故城、尼雅古城……新疆广袤土地上，演绎了多少自然兴衰，人间悲喜？几乎都与水有关，罗布泊干枯板结的盐渍地面，又是多少泪水的凝结？塔克拉玛干大沙漠的那粒粒细沙，经过多少水流、多少时间的淘洗？那些水流又带来多少繁华与沧桑，那些水流又去了何方？

新疆绝大部分水资源径流都来自山区，这个比率已经占到了98%。资源的分布极不平衡，北疆产水量是南疆的2.8倍。所以，新疆缺水主要是在南疆。如果你到过塔克拉玛干大沙漠，你就能体会到干旱的残酷性。

一般的水循环途径是，大气中的水汽通过降雨雪到地面，一部分通过地面的蒸发和植物的蒸腾返回到大气中，另一部分形成河流湖泊和地下水。新疆四面距海遥远，大气中的水汽含量很少，能降到平原和盆地的更少。最干旱的若羌，年平均降水量仅17毫米，而蒸发量却高达3000毫米。

匈奴人视天山为神灵，是因为水，天山是水之源。

水是天山的事，水是天大的事。

楼兰故城就建立在当时水系发达的孔雀河下游三角洲，它曾经是人们生息繁衍的乐园，身边有烟波浩渺的罗布泊，有茂密的胡杨林。

治水之道从西汉时期就有了雏形，当时就已经有人在近水处利用泉水和夏季融雪水进行小规模的灌溉。公元前 2 世纪，汉武帝为联合西域城邦，防御匈奴骚扰，经河西走廊向西越过罗布泊，将屯垦的范围一直延伸到塔里木河下游的尉犁、轮台一带……其实，人类一直在试图用人力来改变自己的命运，据《水经注》记载，东汉以后，由于当时的塔里木河中游的注滨河改道，楼兰严重缺水，敦煌的索勒率兵一千人来到楼兰，又召集鄯善、焉耆、龟兹士兵三千人，不分昼夜横断注滨河，引水入楼兰缓解了楼兰的旱情。但在此之后，楼兰人尽管为治水做出了很大努力，楼兰故城最终还是因为缺水而消失。

“治国必先治水”，兴水利、除水害历来是治国安邦的大事，甚至决定着一个朝代的兴亡更替与几千年文明史的走向。孔子曾经说过，如果没有

塔克拉玛干沙漠（马立新　摄）

大禹，我们这里恐怕只有鱼，哪里还会有人呢！大禹治水的传说，犹如神话一般，中国水利史自此纪元。几千年来，从都江堰到郑国渠，从白鹤梁到坎尔井，一部光辉灿烂的中华文明史，在一定意义上讲，就是与水旱灾害持续不断斗争的历史。

罗布泊的最终干枯，还是因为解放后我们在塔里木河上游的过度开发，大量引水，导致下游断流，没有来水的补给，罗布泊迅速萎缩，直至最终消亡。

水可兴国，水亦可亡国。楼兰的兴衰证明了人类与水的关系，水可载舟，水亦可覆舟。

当年，汉时的楼兰，地处丝绸之路的南道要冲，介于大汉和匈奴之间。汉使者西出玉门关，前往西域，必经楼兰，汉朝不断命令楼兰为其提供向导和水，楼兰多次拒绝，双方因水关系恶化，汉王朝不惜出兵征伐。

楼兰消失 1700 年后，过去水草丰美的塔里木盆地积水之地罗布泊，如今成了茫茫大漠、生命禁地、死亡之海。1980 年 6 月，彭加木因为缺水而找水，一去不回。“我向东面去找水”，成了这位伟大科学家的最后遗言。

说到治水与民生，我记忆最深的是小时候听到的两个故事，一个是远古时代的“大禹治水”，一个是新中国成立之初的“龙须沟”。大禹治水因势利导，变堵为疏，令九流归海，民众安康。“龙须沟”化害为利，治理城市水系，将原本是臭水沟的龙须沟变为鸟语花香的金鱼池小区。

谈新疆治水，人们自然忘不了林则徐，大家都知道他的禁烟，其实禁烟不过是他平生事业的一方面，并不能代表全部。

林则徐一生的事业，很重要的一个方面是治水。

一个伟大的人物，无论处于何种环境，他是决不会停止对事业的努力的。林则徐在新疆总共不过三个整年，但他在这短暂的任期内对新疆却有很大的贡献。他于道光二十四年 (1844 年) 经伊犁将军布彦泰奏请，被命勘办伊犁开垦事宜。他亲到库车、阿克苏、和田、喀什噶尔、伊拉里克等处勘办。到第二年已垦好 3 万多顷，为百余年来未有的盛况，他因此劳绩也就奉恩旨召还了。

在开垦的同时，他发挥治水的长才以兴水利，至今吐鲁番境内的居民还享受着他的恩惠。常年不雪不雨的吐鲁番，靠什么来灌溉这肥田呢？

水的问题，不但在吐鲁番，在全疆都是一个困难问题。吐鲁番境内既无泉水，又无河流，水的问题不解决，生存就是大问题。林则徐谪戍新疆时，曾在吐鲁番住过，传给当地人一种引水方法，即将天山雪化的水流，引至山麓，在山麓挖一蓄水沟，然后再引水成渠，直到吐鲁番，全渠长百里。到吐鲁番以后，再建坎儿井（俗呼卡尔井），将渠水导入坎尔井，以备随时汲用。没有钱建坎井的人，可向有坎儿井的人租用，所以在吐鲁番常以有坎尔井多少定富贵。

水是人的命脉，水是绿洲的生命之源，水是现代工农业发展的前提。世界各地，自古至今，水利都是最大的民生工程。可以说，一部人类文明史，同时也是一部治水用水、发展生产、改善生活的水利事业史。新疆的发展也概莫能外，治疆必先治水，在新疆，几乎所有的问题，都与水有关，水是纲，百业是目，纲举目张。水是新疆问题的核心，处理好工农业发展、生活与用水的关系，合理地把握用水之度，才能真正实现新疆的和谐发展、持续发展。

治水是为“兴水为利”，为百姓的安居乐业。过去一段时期，人们为了追求发展，追求GDP，忽视了自然的承受能力，忽视了人与自然的和谐，人类原本想“兴水为利”却偏偏“举水为害”，得到的是大自然无情的报复。以水定地，以水定产，量水而行，因水制宜，以水定发展；建设控制性工程，建立生态保护系统；把水管起来，惜水如金，建设水资源合理配置和高效利用体系，最大限度地发挥效能；把水保护起来，形成自觉珍惜水、保护水、节约用水的社会风尚，保护水就是保护我们自己的血脉。

人水和谐的时代已经到来。

诗体游记之二十一：

谁在沙漠沉睡

谁打碎了时日，谁又把沙子
整理成岁月的方阵
我在塔克拉玛干看到洪水
那是一个夜晚，同伴都睡了
他们在沙漠里疯了整整一个白天
真正知道了沙漠的厉害，却又
无比喜欢，有人说
沙漠最有力量，他一动
就天昏地暗；也有人说
沙漠最软弱，能从沙漠里
看到最苦涩的泪水

人就是这样奇怪的动物
总是用自己的想象理解自然
沙漠就是沙漠，我想在夜晚
听听沙漠，不知不觉地
沙漠成为洪水，我只是一叶轻舟
飘过历史、现实、日月、星空

这个夜晚没有月亮，连风也没有
以致我在沙漠里睡了很久
太阳一出，我就醒了
头疼得厉害，看来沙漠没把我偷走
只偷走了我的一些想象

旅游小知识

巴州水资源

在巴州，人们随时可以领略到水的神韵，博斯腾湖的平湖月色，天鹅湖的水天一色，孔雀河的蜿蜒多姿，塔里木河的飞鸟逍波，还有被称为“固体水库”的天山雪峰俏皮高雅。

古人认为黄河之水来自昆仑山，《山海经》云：南流沙滨，赤水后，黑水前，有大山名昆仑丘。又云：钟山西六百里。有昆仑山出五水。

《山海经》第一次记载了罗布泊的来历，“敦薨之水西流注入泑泽，盖乱河自西南注也”。所指今天的孔雀河、开都河、塔里木河等诸多河流。所谓“乱河”者，是指当时的河流纵横成网交织在一起美丽壮阔的景观。

据传，远古时期，天地茫茫，宇宙洪荒，人民饱受海浸水淹之苦。这时，昆仑山上有一个水怪，经常乱施淫威，兴风作浪，搅得昆仑山之水暴涨，淹没左右居民，百姓无家可归四处流浪。有一年，王母娘娘在昆仑山举行盛大的蟠桃会，宴请了各路神仙，唯独忘记邀请这位水怪。水怪不悦，发威泄私愤。顷刻之间浊浪滔天，洪水四溢。

王母娘娘得知后，就把水怪压在昆仑山下，并派大禹在凡间治水，大禹治水时，有三个宝物：一是河图；二是开山斧；三是定海神针。传说定海神针就是王母娘娘授给大禹的。

巴州境内共有大小湖泊 69 个，总面积 2398 平方公里。主要湖泊有：全国最大的内陆淡水湖博斯腾湖、台特玛湖、鲸鱼湖等。境内大小河流 53 条，主要有塔里木河、开都河、孔雀河、车尔臣河、迪那河等。地表水年径流量 106 亿立方米，地下水天然补给量 30.41 亿立方米 / 年，地下水开采量 21.73 亿立方米 / 年。全州水能蕴藏量 296 万千瓦。

沙漠胡杨，金色宫殿

我终于见到了胡杨。突兀而又神秘的胡杨。孤傲的胡杨。

胡杨在我脑子里的印象之景大致有两幅，一幅是沙漠中突兀的干枝，一幅是浓墨重彩的金黄，精美绝伦的金色。来到新疆后，我才知道了胡杨三千年的轮回史，曲曲折折的人生大戏。

胡杨，是生活在沙漠中的唯一的乔木树种。它能忍受荒漠中的干旱，对盐碱有极强的忍耐力。它的根可以扎到地下 10 米深处吸收水分，其细胞还有特殊的功能，不受碱水的伤害。虽然生长在极旱荒漠区，但它骨子里却充满对水的渴望。为适应干旱环境，它做了许多改变，例如叶革质

胡杨林里（栾根成　摄）

化、枝上长毛，甚至幼树叶如柳叶，以减少水分的蒸发，因而有“异叶杨”之名。然而，胡杨作为一种树木，像所有的生物一样，水是它的命，它需要相应的水分维持生存，那么，它需要的水从哪里来呢？

胡杨对爱情忠贞不渝，水就是它的情人，沙漠河流流向哪里，它就跟随到哪里。而沙漠河流的变迁又相当频繁，于是，胡杨在沙漠中处处留情。靠着根系的保障，只要地下水位不低于 4 米，它依然能生活得很自在；在地下水位跌到 6~9 米后，它只能强展欢颜、萎靡不振了；地下水位再低下去，它就只能辞别尘世。所以，在沙漠中只要看到成列的或鲜或干的胡杨，就能判断这里曾经有水流过。正因为如此，有人将胡杨称为“不负责任的父亲”，它随处留下子孙，却不顾它们的死活。其实，这也是一种对环境制约的无奈。塔里木盆地的胡杨，特别是塔里木河沿岸的胡杨，是地球上胡杨最多的一片分布区，曾经十分辉煌。西汉时期，楼兰的胡杨覆盖率至少在 40% 以上，人们的吃、住、行都得靠它。在清代，仍“胡桐（即胡杨）遍野，而成深林”。但从 20 世纪的 50 年代中期至 70 年代中期的短短 20 年间，塔里木盆地胡杨林面积由 52 万公顷锐减至 35 万公顷，减少近三分之一；在塔里木河下游，胡杨林更是锐减 70%。在幸存下来的树林中，衰退林占了相当部分。造成这种结局的原因，主要还是人类不合理的社会经济活动。胡杨及其林下植物的消亡，致使塔里木河中下游成为新疆沙尘暴两大策源区之一。有幸的是，人们已从挫折中吸取了教训，开始了挽救塔里木河、挽救胡杨林的行动。向塔里木河下游紧急输水已初见成效，

轮台塔里木胡杨林

两岸的胡杨林开始了复苏的进程；面积近39万公顷的塔里木胡杨林保护区已升格为国家级自然保护区；轮台胡杨公园也升格为国家森林公园；以胡杨林地为主体的塔里木河中游湿地受到国际组织的关注，并列为重点保护的对象。我想，第一次受到人类如此高规格礼遇的胡杨林，一定不会辜负人类的期待，将重现历史的辉煌！

与胡杨处久了，我越来越觉得胡杨像一个人，一个失散多年的朋友，一个孤傲的汉子。他对生的追求执着而坚毅，刚冒出幼芽就拼力地扎根，在极其炎热干旱的环境中，能长到30多米高。当树龄开始老化时，它会逐渐自行断脱树顶的枝杈和树干，最后降低到三、四米高，依然枝繁叶茂，直到老死枯干，仍旧站立不倒。当地人赞誉胡杨是“长着千年不死，死后千年不倒，倒地千年不腐”的英雄树。

胡杨对生命的灿烂与辉煌恣意张扬，每年的十月下旬，整个塔里木河是金黄的，像一条连绵千里的黄龙；整个塔里木四周是金黄的，塔里木盆地像一个镶了金边的聚宝盆。

寂寞胡杨，是人类走过岁月留下的痕迹，也是人类生存的态度。胡杨以自己的绿色和生命孕育记载了西域文明，两千年前胡杨覆盖着西域，塔里木河、罗布泊得以长流不息，楼兰、龟兹等三十六国的文明得以滋养。人类拓荒、无休止的征战，水和文明一同消失在干枯的河床上，曾经灿烂辉煌的西域古国也被滚滚黄沙埋葬，也逐渐掩埋了忠贞不渝的胡杨。寂寞胡杨，三千年前的胡杨在沙风尘暴里默默讲述着自己的往事。

铮铮铁骨千年铸，不屈品质万年扬。张扬着自己的生命色彩，那是一种怎样的让人震撼的自然之美！

胡杨死去与活着同样珍贵，作为一种生命的象征，它已不再是一棵植物，它是一粒种子，相遇就发芽，在我们血脉里左冲右突，它狂野的性格、辽阔的心胸、落寞的神情、坚韧的心性总是让人心动。

诗体游记之二十二：

十月，与胡杨对话

面对这个燃烧的身体
我的胸口发闷，嗓子发干
一种窒息的感觉
遏止了时间的运转

胡杨林里（栾根成　摄）

西下的太阳趁热打铁
助推着戈壁的急切
辉煌过后是什么，他们不想
我也不敢想
如果燃烧是为了消失
那我宁愿，就这样停留下去
可月亮星星等不及
我也等不及，不远处的乡里
有一瓶好酒等着燃烧

一到天黑，所有的燃烧
都要接近灰烬，夜色
让我渐渐醒来，等着大醉一场
把我的梦境
照出月亮，嫦娥，还有吴刚

景观：胡杨林保护区

如果你是第一次到塔里木，你会看到那莽莽苍苍的原始森林，像绿色的海洋一直伸展到远方，构成这原始森林的就是胡杨树。这些胡杨树，有的高十多米，枝干粗壮，苍劲有力；有的即使停止了生命，剥落得有如象牙雕刻，也挺然而立。塔里木的胡杨树，既没有松树那样屈曲盘旋的虬枝，又没有白杨那样修美挺拔的躯干，但它却是沙漠中生命力最顽强的树木。

胡杨被称为“第三纪活化石”，属落叶乔木，是第三纪的古老树种，是世界上最古老的一种杨树，其珍贵与银杏齐名。

胡杨是新疆荒漠和沙地上唯一能天然成林的树种，主要分布在塔克拉玛干沙漠周围，维吾尔语称胡杨为“托克拉克”，意为“最美丽的树”。

在自然演化中，胡杨吸日月之精华，集天地之灵气，具有惊人的抗干

金秋胡杨（周德军　摄）

旱、御风沙、耐盐碱的能力，能顽强地生存繁衍于沙漠最恶劣、最残酷的气候环境之中，用不屈不挠的身躯阻挡了沙暴对绿洲的侵袭，组成一条雄伟壮阔的绿色长廊，因而被人们称为“沙漠英雄树”——“生而三千年不死，死而三千年不倒，倒而三千年不朽”。从古至今，许多为了保卫边疆、建设新疆而来到这里的人，都会深深地恋上胡杨林坚韧不拔、死而不朽的精神。

塔里木河流经轮台县境内 106 公里，形成了目前被誉为世界最古老、面积最大、保存最完整、最原始的胡杨林保护区，被《中国国家地理》评为中国最美的十大森林之一。

第九辑

“古西海，金博湖”

听风听水博斯腾湖

仁者乐山，智者乐水。我虽非智者，但有时间就想在水边走走，总想给我心中的圣湖留下点什么，苦苦冥思两年之后，直到 2013 年的十一，借助国庆的喜气，才写下下面的这首诗。

在我的人生经历中，曾经到过众多独具特色的湖泊，她们或烟波浩渺，一望无际；或碧波荡漾，清澈玲珑；或水天空阔，清风徐徐。但没有一个湖泊像博斯腾湖那样，留给我的不仅有浩浩荡荡的万顷碧波所带来的奇妙画卷，还有和硕特蒙古部落几百年来在这里繁衍生息所形成的人与湖共生共融的民族风情，更有天鹅展翅、白鹭翔飞、诸多水鸟湖面嬉戏追逐所构成的人与自然

大河口景区

芦花飘荡（周德军　摄）

和谐相处的优美生态。

这就是博斯腾湖，巴州各族人民的母亲湖，晨起时万道金光铺洒在湖面，豪迈大气；正午时千重浪花银光闪耀，湖面上白帆点点、水天一色，风景旖旎；夕阳下层层金光在湖面滚动，壮美沧桑；月光下，湖水晶莹剔透，一湖的宁静与明丽，仿佛一首湖光曲流淌在时空之中。

诗体游记之二十三：

博斯腾湖

枕着焦渴的大漠
你也能安然入睡
还把梦做得那么美
芦苇做的刘海
绕着睡莲的眼神

静静地，静静地
从黄昏到早晨
从日出到日落
从远古到今日
滋润丝路花雨
谁弹落了漫长的旅尘

尕娅，美丽的姑娘
难怪雨神看上你
不管是雪水、雨水
博斯腾喷张的血脉
还是千年不息的情感之水

顺着通天河
总能找到上游的白云
还有那些散落在
巴音布鲁克草原安静的羊群
还有白天鹅，尕娅的姊妹
圣洁的爱情千年流传

守着古西海的不是沙漠
那分明是尕娅圣洁的眼泪
博斯腾勇敢的血脉
那是水的另一种存在
脱去水的骨骼日夜闪烁着的
除了天上的星星
就是水的灵魂

开都河畔，西塞明珠

博斯腾湖与国内众多湖泊不一样的，就是她独有的西部湖泊的迷人风景。

记得第一次到新疆库尔勒时，忙碌之余，即有当地朋友提议到博斯腾湖游览。看我有些犹豫，朋友热情地说："博斯腾湖是国内最大的内陆淡水湖，风景好着呢！"

在驱车赶往博斯腾湖的路上，我对朋友所说的话还有着几丝怀疑，毕竟，这里是地处西北内陆的新疆，是塔里木盆地的腹地，全国最大的沙漠塔克拉玛干的边缘地带，向东，便是被漫漫黄沙所淹没干旱极域罗布泊，还有被狂风席卷一扫而空的楼兰。在周围众多干旱沙漠地貌的包围下，会有怎样的旖旎风光、湖光山色呢？

车辆在库尔勒通往焉耆盆地的公路上奔驰，进入焉耆盆地后，车外的风景逐渐明朗起来，这里阡陌纵横，被高大挺拔的杨树整齐分割的田地，遍地浓浓的绿色在原野上铺展，这就是有"小江南"之称的焉耆盆地，曾经是《史记》上记载的西域三十六国之一。

博斯腾湖古称"西海"，《水经注》所载："川流所积，潭水斯涨，溢而为海"，这里离库尔勒并不远，驶过博湖县城不远，就进入了博斯腾湖区，离大河口不远，一股江南水乡特有的温润气息扑面而来，使人忽然间倍觉清爽。

来到大河口，"古西海，金博湖"六个鎏金汉字映入眼帘。陪同的朋友告诉我，西汉时，博斯腾湖被称为"秦海""西海"，《水经注》称之为"敦薨浦"，唐明时期称之为"鱼海""焉耆海"，清初为"待雅子海"，直到清朝中晚期才被人们定名为"博斯腾湖"。博斯腾湖上连开都河，下接孔雀河，水体总容量近100亿立方米，分为大湖区和小湖区，其中大湖区面积为1200余平方公里，东西长55公里，南北宽25公里，小湖区由16个小湖群组成，面积400余平方公里。

穿越路两侧茂密的芦苇屏障，我们走到了湖边，此时，眼前豁然开朗，只见一眼望不到边的湖面，万顷碧波，千重浪花，浩荡无垠，银光闪耀，一幅奇妙的湖光美景迎面扑来，挡也挡不住，望也望不到尽头，恍若大漠中的蜃楼幻景。

在朋友的带领下，我们踏上了一艘快艇，在一望无际的湖上行驶，本是平静的湖面泛起了晶莹般的水花，阳光跟随着我们的身影在湖面上暖暖地舒展开来，湖面上水光潋滟，一阵微风拂过，泛起了银鳞般的波纹，水面在太阳的照耀下金光闪闪，异常美丽。湖水那么清、那么干净，清得同镜子一样，湖水绿如蓝，天空碧如洗，如此风景，让我想起了范仲淹《岳阳楼记》的名句：“浩浩荡荡，横无际涯，朝晖夕阴，气象万千……”令人怎敢相信这是置身塞外？

或许只有在博斯腾湖，才能领略到湖泊的浩瀚缥缈，波澜壮阔吧！“水光潋滟晴方好”。这时，高升的太阳喷射出万道金光，驱散了湖面上

的水雾，碧绿的湖水像一块无瑕的翡翠。阳光照在湖面上，波光粼粼。心情舒畅间，远处群山露出轮廓，像一条条起伏不定的巨龙守护在湖边。远处，几艘渔船飘浮在湖面上，几叶扁舟在湖面上荡漾。快艇加快了行驶的速度，随即碧波一层赶着一层欢快地向周围的芦苇涌去，有节奏地拍打着芦苇丛，惊起了苇丛中觅食的水鸟，在我们头顶来回盘旋，使人不禁想起李白的诗歌：

白鹭拳一足，

月明秋水寒。

人惊远飞去，

直向使君滩。

虽然正处夏季，赤日炎炎，但在快艇上，迎面吹来的湖风，裹挟着湖水的湿润，让人倍感凉爽。走下游艇时，我仍然感到意犹未尽，望着水天寥廓的湖泊，我不禁感到一丝庆幸：是啊，或许是上天格外青睐这块土地，在南疆沙漠中，为人们镶嵌上一块巨大的碧色宝石，让这里的人们世世代代享用博斯腾湖的馈赠。

不知不觉，天色已近黄昏，环顾四周，只见落日的余晖洒在湖面上，

博斯腾湖畔（周德军　摄）

芦苇荡（周德军　摄）

湖水金光闪烁，耀人眼目，像是上天不小心洒下许多金块。随着太阳的沉沉落地，天空中呈现出万紫千红的壮丽景象，湖水被晚霞照得通红通红，红得像一片燃烧的火，显得十分艳丽；有时又金灿灿的，呈现出一片金碧辉煌的景象。真可谓是色彩斑斓！不知不觉，一半夕阳已经沉入了远处的群山中。剩下的半弯，似乎激情开怀，投放到水中的光晕，金灿灿的更为明亮。

天色渐渐晚了，游人也都离去了。太阳落山了，西边天空现出最后一抹玫瑰色的晚霞。这时，虽然山和天还融在水中，但湖面忽然变得宁静起来。抬头间，湖面上飞来几只天鹅落在岸边的芦苇丛中，高高地仰起头，静静地梳理踱满金光的羽毛。远处的晚霞展示着自己的最后一抹艳丽色彩，这时的博斯腾湖，像静谧的少女，婉约的脸庞荡漾着西部独有的璀璨霞光，令人沉醉其中。

博斯腾湖，果然不虚此行！

鸟类天堂，白鹭高飞

博斯腾湖与世界其他湖的区别，就是人与自然和谐共生的生态环境。

来到博斯腾湖，人们就会发现，这里虽没有西湖的妩媚、千岛湖的清丽、鄱阳湖的帆影、玄武湖的桨声，但浩渺纯净的湖水、浩浩荡荡的湖面，远处巍峨耸立的群山，通透到底的蓝天，以及众多白鹭、野鸭、海鸥在湖面盘旋，使得到这里来的人都忍不住感叹：这是天边一片纯净、淳朴、自然的地方。

博斯腾湖的生态之美，是内地习惯于人造景观的人们难以想象到的。在这里，一些湖岸，岸边即是无边无际的沙漠，茫茫瀚海的雄浑、壮美，与无边无垠的湖面相互映照，神奇相伴，身处其间，一阵清风拂来，送来阵阵惬意，使人不禁由衷地感叹，这大湖之美景属于自然，属于西部，属于新疆。

博斯腾湖畔（周德军　摄）

博斯腾湖的生态之美，还在于这里是各种鸟的天堂。

这宁静、阔大、纯净的碧水，成了成群的天鹅、鸿雁、白鹭、水鸡、海鸥快乐的栖息地，在这里，秋水共长天一色，碧波荡漾中，翻飞的白鹭、戏水的野鸭，以及各种在湖面上追波逐浪

博斯腾湖大河口莲海世界景区（年磊　摄）

的鸟类，构成了一幅天高任鸟飞、水阔凭鱼跃的壮美画面。

这里的鸟种类之多、群体之大，在整个西北地区都是少见的。博斯腾湖的芦苇荡幽深、茂密，漫无边际，许多经常在水面谋生的渔民在芦苇荡里也经常迷失方向。因此，各种鸟类都可以在这里自由、舒适地生活，水面上，经常可以看到成群的白鹭自由地、慵懒地停驻，间或有鸥鸟翻飞唳叫着向空中掠去，“草长平湖白鹭飞”这一描绘西湖景色的诗句放在这里是再合适不过了。

博斯腾湖的美丽，莲花是不可缺少的角色。

坐上快艇，随着螺旋桨击打水面激起的朵朵水花，驰向博斯腾湖中的莲花湖。途中三两船只漂于水面，不远处几只白鹭悠闲嬉水，偶然天空飞来几只鸟儿，慢慢接近莲花开放处，只见东一朵，西一朵，开满了莲花，一片灿烂的淡粉红色，有几分接天莲叶无穷碧、映日荷花别样红的大气景象。

如此景致不禁让人欢快起来。

接近一处莲花，快艇行驶缓慢起来，青翠的荷叶漂在水面，荷叶上水珠在光线下晶莹地滚动着，紫色的、黄色的、粉色的莲花开于其间。一阵暖风吹过，湖面上弥漫着淡淡的莲花的清香，让人倍觉清爽。荷花不像梅花那样迎寒吐芳，不像牡丹一样雍容华贵，也不像菊花那样绚烂绽放。她只是默默无闻地散发着阵阵芬芳，送丝丝清凉。这里的莲花生命力顽强，根须往往透过厚厚的淤泥，深深扎根于十几米水下，具有“出淤泥而不染”的高洁品质，正因为如此，巴州的许多人都对莲花非常喜爱，称之为巴州的一宝。

我的家乡在微山湖西岸。从家乡走出后，我一直梦萦魂牵的，是田野里野蛮生长的一望无际的芦苇。在家乡，几乎所有的小河、小湖、池塘都有芦苇掩映着。一丛丛，一簇簇，迎风飘扬，摇曳着它那修长的碧玉似的枝条，给乡村平添了些许宁静和飘逸。秋天到来时，苇叶渐黄，芦花变白，一阵风卷过，疑是漫天雪花。

芦苇织就的“湖光曲”

在博斯腾湖，我看到了另外一种芦苇编织的风景，在一眼望不到边的大湖之上，水天寥廓之中，是芦苇编织的绿色海洋。作为中国最大的内陆淡水湖，辽阔的水面，充足的水源，以及新疆独有的日照长、温差大的生态环境，为芦苇的生长创造了得天独厚的生长条件。湖边，密密层层、大片大片的芦苇随着水面的波动而摇曳，茂密挺拔的身姿往往有五六米高，驱船往芦苇深处荡去，一群群的野鸭、鸳鸯、天鹅从水中惊起，穿过苇丛直插云霄。远处水天一色、群鸟嬉戏，构成了一幅迷人的画卷。西天的晚霞渐渐逝去后，芦苇在湖面升腾的浩渺烟波和宁静的夜空中静静伫立，与远处的沙丘连绵起伏，让人沉醉其间，宛若仙境。

在新疆，芦苇这种遍地可见的植物成了过去人们生活离不开的“宝物”，20世纪五六十年代，许多支边青年来到这片干旱少雨、风大沙多的地方，第一件事就是挖个地窝子，用土坯砌墙，把五六米高的苇捆密密地码在房顶上，再糊以厚厚的泥土，一个冬天温暖、夏天凉爽、简单实用的住所就建成了。

随着经济的发展，这种地窝子和芦苇搭顶的房子已渐渐走入了历史，取而代之的是安装了空调、暖气的现代化的楼房。即便是在农村，也早就住上宽敞明亮的乡间楼房。但博斯腾的芦苇却在造纸、装饰装修以及工艺美术等领域找到了新的用武之地。每到初冬，苇叶金黄时，便到了收获的季节，大片的芦苇被收割打捆，装到湖边川流不息的卡车上，运往新疆知名的造纸企业——博湖苇业。我曾经多次到过这家生机勃勃的企业，企业负责人告诉我，芦苇是一种廉价的材料，质地细腻，便于加工，是造纸的

芦苇画：丝路光辉

优质原料。另外，芦苇是制造宣纸的重要材料，一般的树木是无法造出宣纸的。

更让我想不到的是，芦苇，在当代工艺品家手中，竟成了一种颇受推崇的艺术品——芦苇画。现在，在博斯腾湖所在的博湖县，芦苇画已经成为一个产业，许多来博斯腾湖的游客对具有浓郁西部特色的芦苇工艺画都产生浓厚兴趣。当地的工艺品家告诉我，博斯腾湖的芦苇皮薄、节长、韧性好，经过开解、去皮、刨瓤、水浸、压碾等初加工，利用芦苇特有的颜色、光泽、纹理，根据事先画好的图样在苇片上绘画、写字、雕刻，最后用烙铁烙出深浅不一的画作，就这样，一幅朴素典雅、形态逼真的芦苇艺术画跃然眼前。以芦苇为材料的苇编工艺画因其画面本色天然、色泽淡雅、加工考究、风格独特而备受游客青睐，成为他们到这里来的首选纪念品。

在苍莽的西部，在博斯腾湖，我真正感受到了芦苇坚韧的生命力与美丽多样的身姿。

在水一方，蒙古风情

博斯腾湖与地球上的很多湖不一样的，就是她独具特色的蒙古风情。

我曾经问过当地的朋友，“博斯腾湖”这个名字是怎么来的。朋友告诉我，博斯腾湖是蒙古语，这个名字，还与一段动人的蒙古传说有关。

相传很久以前，焉耆盆地是一片风景优美、土地肥沃的大草原，在这里，明媚的阳光播洒在碧绿的原野上，洁白的羊群徜徉在朵朵白云下，草原上的人们安居乐业。

草原上，一对年轻的牧民博斯腾和尕娅相恋了。他们追逐在广阔的草原上，憧憬着未来美好的生活。不料，天上的雨神看到了美丽的尕娅，便施展法力，企图抢她为妻。忠于爱情的尕娅誓死不从。雨神发怒，连年不降一滴水，草原在干旱中马上变成了戈壁。看着干涸的草原，可怜的牛羊，英勇的博斯腾决心与雨神搏斗。在天空博斯腾与雨神大战了

牧道秋行（张清闯　摄）

九九八十一天，终于让雨神低下了头颅，但博斯腾最终因为疲惫过度而死。尕娅痛不欲生，悲愤过度，她的泪水化成了大片的湖水，最终，也悲伤而死。从此，牧民为了纪念这对至死不渝的恋人，将这片湖泊命名为“博斯腾湖”。

听着朋友讲述这个美丽的传说，眼前，似乎浮现出了博斯腾与雨神搏斗的激烈场面。那时，一定是风起云涌，天地变色，健壮的勇士博斯腾，无所畏惧地屹立在雨神面前，只为那心目中无比珍贵的爱情。蒙古族人是一个崇尚英雄的民族，这一抹带着血色的传说，为博斯腾湖带来几分蒙古勇士的硬朗和英雄史诗般的壮美。

在博斯腾湖畔，生活着一群曾经响彻西域的蒙古部落——和硕特部落。据专家考证，这支在博斯腾湖畔繁衍生息数百年的部落，早期生活在贝加尔湖西南岸、鄂尔浑河和色楞格河中下游，早期的和硕特人，在《魏书》的记载中，应称之为“贺术也骨”，曾一度为柔然汗国吞并。后来，他们随成吉思汗远征大军进入新疆，与土尔扈特部、准噶尔部、杜尔伯特部一起成为卫拉特蒙古四大部落。16 世纪中期，土尔扈特部落、杜尔伯特部落西迁到伏尔加河流域时，和硕特部落的一部分曾与之同行。17 世纪初，和硕特部落首领顾实汗受五世达赖和四世班禅邀请率领联军，由今新疆地区攻取青海，继而统一青海高原，建立了和硕特汗廷，统治青藏高原长达 80 余年，因此，青海等地也广泛分布着和硕特部落。1771 年，西迁的土尔扈特部落和与之同行的和硕特部落回迁到新疆地区，被清政府安置在博斯腾湖四周。

从此，这片土地上又有了蒙古包、牛羊和马头琴悠扬的旋律。安定下来的和硕特部落，过上了半定居的生产生活方式，与周围的维吾尔族、汉族、回族等共同守护着这片祥和的家园。

如今的和硕特部落自由地生活在湖畔，碧草如茵一直铺展到天边，缤纷野花争妍，羊群与白云同行，牧歌以苍鹰伴舞，骏马在草毡上奔腾。

与其他地方的蒙古族不一样的是，和硕特部落与博斯腾湖相依相伴，湖中繁衍的大量水产成为大自然对他们额外的馈赠。

草长平湖，生态之美

与西北干旱地区的内陆湖不同，博斯腾湖不仅承接着上游巴音布鲁克草原的清澈静洁的水流，而且下游又有一条孔雀河流向罗布泊地区，因此，她就成为一个始终处于流动状态的湖泊，这一泓大湖的静洁、天然水泊，就成了各种生物群落繁衍生息的乐土。

据古代史料《汉书》记载“焉耆……近海水多鱼”，《隋书》中更是说，这里有“渔盐蒲苇之利，鱼二两种，大者可逾十斤”。据当地的朋友介绍，博斯腾渔区面积可达到150万亩，这里原来特产两种鱼，即扁吻鱼（大头鱼）和塔里木裂腹鱼（尖嘴鱼），为了丰富鱼的品种，人们后来引进了鲤鱼、青鱼和鲢鱼放养，但这种人为干预也为博斯腾湖带来了生态灾难。上世纪70年代，在从北疆乌伦古湖“北鱼南调”时，将额尔齐斯河中一种凶猛的鱼类——赤鲈（河鲈），土名“五道黑”的鱼类引进了湖区，造成了原生鱼种扁吻鱼和塔里木裂腹鱼的大量灭绝。后来，人们又先后引进了贝加尔雅罗鱼、银鲫、白鲢、鳊鱼、沼虾、青虾、河蚌、中华蟹等品

芦苇（周德军　摄）

种，由于水质好、无污染，这些鱼很快在这里茁壮繁殖，渔产品远销海内外，受到了天山南北和内地消费者的广泛欢迎。

如今，这里已经成为西北地区最大的渔业生产基地，也是中国最大的有机鱼生产水面，湖中盛产 33 种鱼类，年产各种鱼类近万吨，其中池沼公鱼、草鱼、鲫鱼等 10 个鱼类品种通过了国家环保总局的“有机鱼”认证，远销至日本、韩国等国家和地区。

巴州“母亲湖”，旅游打卡地

博斯腾湖与国内众多湖不一样的，还有她繁荣发展的文化旅游产业。

博湖县，依托博斯腾湖设立的县，湖区面积占全县总面积的一半以上，作为一个多民族聚居的县，这里的蒙古族文化内涵丰富，和硕特部落文化遗产厚重，特别是蒙古族托布秀尔乐器、萨吾尔登舞蹈、长调、刺绣等蒙古音乐、服饰和民族手工艺，一直流传至今，其中，蒙古族萨吾尔登舞蹈、蒙古刺绣还被列入国家级非物质文化遗产名录。这些精美的传统文化，与大湖烟波浩渺，天水一色共同构成了博湖县丰厚的自然文化旅游资源。

我曾参加过博湖县一年一度的“捕鱼节”庆典，捕鱼节是新疆博湖县蒙古族的传统节日，每当结束了 110 天的禁渔期，他们就聚集在一起，举行民俗祭湖仪式，拉开了人们当年开网捕鱼的序幕。

蒙古族是懂得对大自然感恩的民族。他们从一出生，就徜徉在大自然广阔的怀抱里，呼吸着纯净的空气。在他们眼里，一草一木，一山一石，一水一鱼都是让人敬畏的神灵。生活在博斯腾湖周围的蒙古族群众，每年的 5 月或 6 月，都要自发组织传统的祭湖活动，来提醒人们爱护湖水、保护生态环境，感恩这片养育他们的大湖和土地。

每到“捕鱼节”开始的时候，博斯腾湖畔人流如潮、人声鼎沸，具有

捕鱼归来（刘浩　摄）

蒙古族特色的祭湖仪式、萨吾尔登原生态歌舞表演以及“万人鱼宴”吸引了众多的游客前来观赏、品尝。

依托博斯腾湖瑰丽、神奇、自然、美丽的景观，博湖县从1986年起就开始发展旅游业。1998年，博斯腾湖风景旅游区被自治区列为旅游开发重点景区；2002年5月博斯腾湖被国务院批准为第151个国家重点风景名胜区之一；2004年，博斯腾湖被评为西部大开发“新疆十大风景名胜旅游区”。目前沿湖先后建成了大河口、莲花湖、白鹭洲等大小16个旅游景点，开通了水上旅游航线，形成了吃、住、行、游、购、娱等基本配套的旅游服务体系。

近年来，博湖县围绕“生态立县、特色强县、湖泊富县”等进程，加

莲花湖风光（吴东亮　摄）

快“生态宜居旅游县”建设步伐，充分依托博斯腾湖水域资源优势，挖掘渔文化、水文化、民俗文化等文化内涵，先后挖掘开发了以渔文化、水文化、民俗文化等为主的捕鱼节暨祭湖仪式、冰雪旅游节、正月十五庙会、横渡博斯腾湖等一系列特色旅游项目，有力地推动了经济社会各项事业的全面进步。

在巴州工作期间，我多次来到博斯腾湖，人类与水的亲近和渴望近乎是一种天性。逐水草而居，是因为人类的生存离不开水；还因为水的灵性，“仁者乐山，智者乐水”，水能给人类带来聪颖和智慧，更何况在干涸的西域，在大漠边，有如此滋润的一池碧水，真乃天赐恩泽！

博斯腾湖，这个神奇秀美的西域湖泊，这个哺育了巴州各族人民的“母亲湖”，必将在新时代迎来新的、更为灿烂的辉煌。

第十辑

金玉奇缘和阗玉

璀璨绚目的玉石之路

丝绸之路，色彩斑斓，驼铃阵阵，承担着东西方文明交汇融合的伟大使命。

在新疆，我不止一次漫步丝路古道，这是一条黄沙漫漫、充满各种艰辛与险恶的道路。在“大航海”时代到来之前，正是这条道路，众多中东和欧洲人怀揣忐忑、向往的心，靠人背畜驮，承载着贯通欧亚大陆、文化并流的重任。古希腊人、古罗马人曾把中国称为赛里斯国，把中国人称为赛里斯人。“赛里斯”就是“丝”的意思，作为丝绸的祖国，丝绸之路一直是文明强盛的象征。

然而，在查阅资料时我才发现，在张骞通西域之前，一条比丝绸之路还要早千年的“玉石之路”已经在西域开拓。这一发现曾使我感到震惊而迷惑，带着许多不可抑制的好奇。我走近和阗玉，感受这被赋予很多想像的自然精灵与文化符号长久的影响力。

和阗玉，被人间极致美誉、无数遐想。《山海经·海内东经》载：“西胡白玉山在大夏东，苍梧在白玉山西南，皆在流沙西，昆仑墟东南。”

金玉结良缘。东方人爱玉，西方人爱金。东方人向西方昆仑山求取玉石，西方人向东方的阿尔泰山求取黄金，两股文明就这样靠近、相遇了。

发源于昆仑山夏秋季融化的雪水汇成滚滚洪流，将深山峻岭中的玉石冲入河中。秋末洪水退去，河水变得清澈，这时正是下河捞玉的最好季节。捞玉并不难，只要能看到河中玉石弯腰即可捞到。难的是河中踏玉。夏季水流泥沙俱下，看不到河中玉石，只有凭脚的感觉了。维吾尔族人就有这样的本领，他们在河中踏步行走，脚能辨出哪块是玉，哪块是石头，绝不会错过。每年到了捞玉的季节，成千上万的维吾尔族人开始了在河中捞玉的采玉行动，成

群的采玉人，手挽着手，边唱歌，边在河中踏玉。歌中唱道：

白玉白玉多美丽，藏在水中多委屈，

来到人间并不难，碰碰我脚就可以。

他们发现玉后，一定不能出声，要屏住气，赤脚踩之，否则玉转瞬即逝。这样的捞玉、踏玉相传有几千年，延续至今。

三千多年前，一支几十峰骆驼的驮队在不经意中敲开了悠长的“玉石之路”，驼队带着美玉，也带着神秘而古老的玉石文化，形成了贯穿东西的“玉石之路”。“玉石之路”是早期沟通中西贸易和文化交流的重要通道，以于阗国为中心，向东西两翼运出玉石：沿河西走廊或漠北大草原向东渐进到中原地区，向西最远到巴格达。

巴州昆仑山——阿尔金山一带蕴藏有丰富的玉石（软玉）矿资源，是闻名世界“和阗玉”的主产地，仅次于翡翠的名贵玉种。且末县、若羌县已发现玉石矿产地 16 处，品种主要为青玉、青白玉、白玉，远景资源量 4 万 ~5 万吨。其玉雕产品深得广大客户青睐，所开采的玉石的产量和质量多年来在全国排名前列。

君子无故，玉不离身

玉，之于中国人，意义非凡。无论是民间作为传家宝代代相传的玉佩、玉镯，还是引发无数文人志士遐想、影响中国历史走向的和氏璧、传国玉玺，玉，已经渗透到中国人的文化血脉之中。我国自古就有“君子比德于玉”的传统。《礼记·玉藻》曰：“古之君子必配玉”“君子无故，玉不去身”。许慎在其《说文解字》中更是将玉归为“仁、义、智、勇、洁”五德，即：“润泽以温，仁之方也；䚡理自外，可以知中，义之方也；其声舒扬，专以远闻，智之方也；不挠而折，勇之方也；锐廉而不忮，洁之方也。”

不知道是否有人研究过，玉石文化，是如何一代代潜移默化浸润着中国人的人文思想，赋予了中国文化怎样内敛而灵动的底蕴。

虽然身边不少朋友是玉石爱好者，但由于长期从事石油工作，在祖国各地常年奔波，没有条件去赏玉、鉴玉，更没有精力收藏玉石。但几年的援疆经历，却使我长时间、近距离接触和阗玉，从陌生到熟悉，从疏远到亲近，好像是久违的朋友与知己，终于在这里相逢。

记得第一次漫步在库尔勒大街上，到处可见到佩戴玉饰的人群。在这里，不但是爱美的年轻姑娘佩戴玉饰，许多男孩子也会有一两个玉饰佩件。玉佩叮当，成为充满民族特色的南疆都市一道流动的风景。

“君子无故，玉不离身。”一位巴州的朋友曾对我说，这里产玉，这里的人更爱玉，对他们来讲，玉石不仅仅是用来欣赏的，更多的是修身养性的一种方式。玉石是讲究缘分的，有了玉一定要佩戴在身上，就像与知心朋友一样，经常触摸、交流。这样，玉才会越来越光泽，越来越润泽，拥有灵性。在与这位朋友的接触中，我发现他经常会手中把玩一个玉件。他对我说，这是块来之不易的羊脂玉，是他在且末的一个小镇里遇到的，一眼就被它白如凝脂的色泽所吸引，佩戴在身上，闲遐时就会拿到手里把玩，直至玉石发热，通体油润。他说，黄金有价玉无价，只有经过人的手和心灵呵护的玉石才有灵性。就是一块平凡普通的石头，长久地交流也会使它成为拥有灵性的宝石。

朋友对玉的理解让我感慨，也正是在这里，我逐渐走近新疆玉石。在查阅资料时，我发现，新疆有着丰厚的玉石资源。昆仑山不仅是“万山之祖”，和阗玉更是玉中之王。千年玉文化，世玉永相传。巴州昆仑山—阿尔金山一带蕴藏有丰富的玉石（软玉）矿资源，且末县是闻名世界的“和阗玉”主产地，年产和阗玉山料 300~500 吨，占全国和阗玉山料市场的 70%。新疆和阗玉有 7000 多年历史，是“玉中之皇”的传世之玉，称世玉。自《穆天子传》首次记载和阗玉以来，也许因为和阗玉出产地独特险峻的环境和漫长的运输过程，放缓了人类发现开采之旅，才让其接受了大自然的万年洗礼，饱纳宇宙之精华，成就了它们丰实的文化内涵，焕发了无限的生命力。

且末的一家小店，在朋友的帮助下，我也选购了一块小巧通透的和阗玉。忙碌了一天回到居处后，在静默的夜色下，有时也会坐在书桌前仔细把玩，此刻，将自己全然地置于那清净的夜下，感受着久违的静谧之美，心自然也就归复于平静。夜里，我做了一场关于玉石的梦，梦醒来，久坐，全无睡意，我写下《玉石》这首诗。

诗体游记之二十四：

玉石

我知道你就藏在那里
一片河床上，一条流了
一万年的河，一条干了
又流了的河，你就藏在那里
考验我的耐性和眼睛

你喝了太多的水，流了
太多的泪，那些鱼儿和花朵
都不能惊动你，偶尔
有一条水蛇美丽的身影
穿越了你的梦，后来
你连梦都不做了

起身时
你和其他的石头
没什么两样，平凡的外表
掩盖不了内在的奢华
美丽一旦穿透外衣
劫难才真正开始
扒皮抽筋或开膛破肚

一旦新生
就光芒四射
你的美丽不在于耀眼
而在于抵挡邪恶的目光
坚守美丽，是你的灵魂所在

长风几万里，吹度玉门关

新疆人对玉门关有着特殊的感情，记得每次到新疆，当地朋友向其他人介绍我时，总会说："口里来的！"口里，就是指的玉门关，"明月出天山，苍茫云海间。长风几万里，吹度玉门关"，虽然在许多新疆人眼里，自己的故乡不在口里，而在漫漫戈壁深处的河谷绿洲，但玉门关，这座位于大漠戈壁滩狭长地带中的砂石岗上，已有部分坍塌的废弃小城堡，在他们眼里，成为与内地情感与文化联结的重要一环。

每次坐火车到新疆途经玉门关，我对玉门关的名字来历总有一丝好奇，一位来自玉门油田的朋友，曾告诉我当地的一个传说，张骞通西域后，来自西域诸国的商队络绎不绝地经玉门关入关，到中原经商。于阗国国王安排身边的一官员，带着当地产的精美玉石，到长安去换取中国的丝绸。

于阗国商队和官兵走到玉门关经过关楼时，忽然间天昏地暗，遍地飞沙走石，驮运玉石的骆驼受惊四散奔逃。就在官员一筹莫展之时，一位老者对他说，这是玉门关关神发威，要用上等的和阗玉在城门上镶嵌一圈，关神才会让顺利通关。押运官员按照老者的说法，祭拜关神之后，将携带的玉石精心地镶嵌在关门上，最终平安地到达长安。而关门，因为被精美的和阗玉所装饰，在沙漠戈壁的映衬下熠熠发光，远近的商旅，几里之外就能看到冲天的玉光，因此称之为玉门关。从此，玉门关便与和阗玉东运有着直接的联系，是中国玉石的"通玉之关"。

和阗玉何时与内地发生联系已经不可考证，不仅《穆天子传》中有西王母献玉即和阗玉的记载，而且在《山海经·海内东经》记载："西胡白玉山在大夏东，苍梧在白玉山西南，皆在流沙西，昆仑墟东南。"

在与一位专家朋友的交流中，他告诉我，新疆，即古代西域，与内地发生联系首先是从"玉石之路"开始的，按现有史料推算，从西域到内地的"玉石之路"要早于"丝绸之路"三千多年。

专家告诉我，1976 年，考古专家在发掘商王武丁嫔妃的墓——妇好墓时，探杆深入下去后带上来的就是和阗玉制作的一块淡绿色的玉坠。妇好墓里出土各种玉件达到 775 件之多，它们中的大部分经过鉴定都属于和阗玉。这充分证明了，至少是在新石器时代晚期，中原与西域以玉为媒已经开始频繁交往和文化联结。张骞通西域后，跋涉在戈壁沙漠上的驼队带来的不仅有来自东方精美的丝绸，还有来自昆仑山上的美玉，《史记·大宛列传》中记载："汉使穷河源，河源出于阗，其山多玉石。"这条漫长而悠久的"玉石之路"，不仅带来了神秘而古老的玉石文化，而且打开了西域与内地文化沟通的窗口。

也许，早在张骞之前，古老的丝绸之路上，驼铃悠悠，人喊马嘶，来自西域的商队驮着和阗玉，穿过漫漫的沙海和杳无人烟的古道，跋涉在艰险的旅途之中。输往内地的大量名贵玉石成为王孙贵族的最爱，而佩玉，则成为贵族显示高贵身份与追求高洁品格的象征。或许，这条古老的商道，除了被称作丝绸之路外，是否还可以正名为玉石之路呢?

在故宫博物院珍宝馆内，有一座巨大的青色玉雕——大禹治水玉山，高 2.24 米，宽 96 厘米，重 5300 多公斤。这块全国现存最大的玉器，其原料就来自于新疆，从开采运输到北京，在北京打坯和到扬州琢制及刻字，费时十四五年。她不仅是中华七千年玉文化的杰作，更是新疆与内地文化传承与交流的见证。

和田玉雕

更令人感慨的是，东西方文化的首次碰

撞，就是通过玉石和黄金在西域完成的，西方人爱金，所以铸造了大量精美的金币，东方人爱玉，所以古人以佩玉为美，以赏玉为德，而新疆的阿尔泰山出产黄金，昆仑山出产美玉，西方人自西向东，东方人自东向西，在新疆碰撞出“金玉良缘”的文化火光。

“玉为灵瑞之物，玉为道德之尊”，玉的形成历史悠久，玉石是大自然亿万年纳天地精体形成的玉石，或晶莹剔透，或洁白无瑕。玉的文化内涵博大精深。玉石是经历地崩山裂，岩熔焰炼，风吹雨露，冰雪冷冻而诞生的，有着圆润柔和而不失坚贞的意志，纤巧文静而不失刚烈的风骨。博大精深、源远流长的古代玉器是中华文明的一块基石，中国人自古以来便崇玉、尚玉。中华民族有着八千余年的玉文化史，正因为久远、深邃、厚重，所以才显出她的无限神秘和深刻内涵。

巴州，“有美玉于斯”

玉器既是物质文化，也是精神文化。中国文化史有多长，中国玉的历

60吨和阗青玉王（贾新刚　摄）

史就有多长；中国文化有多深，中国玉文化就有多厚；中国文化影响有多大，中国玉文化的辐射就有多大。

新疆，“有美玉于斯”。7000 年前，新疆这块土地就与玉结缘，从此，昆仑山下、和田河旁，琢玉之声绵绵不绝。玉，成就了新疆的美名。

在 2013 年举办的第三届中国 – 亚欧博览会上，当众多的国内外客商看到且末县参展组织者带来一块重达 2.3 吨的糖白玉“玉王”时，都不禁啧啧称奇，作为巴州展区的“镇馆”之宝，参展的客商被这块来自昆仑山的精灵所震惊和吸引，前来参观的人流络绎不绝。

在亚欧博览会上，我专门与“玉王”的主人、且末县基石矿业有限责任公司总经理阿力木·玉苏甫交谈过，他告诉我发现这块玉石的经历。早在 1993 年，他的哥哥就在新疆产玉最大的矿山塔特勒克苏的玉矿山上发现了这块玉石，当时，“玉王”静静地躺在海拔 4000 多米的昆仑山中，这里风雪遍地，路途险恶，以当时的条件，根本不可能运出山外。他们便把这一秘密深藏于心底，等待机会开采。

转眼到了 1997 年，他们兄弟两人下决心将“玉王”请出昆仑山，这里距且末县城一百多公里，山道崎岖，汽车根本进不去，为了拉运这块玉石，他和哥哥雇了 50 多个人，拖拉机拉，毛驴驮，甚至骆驼都派上用场，最终用了 50 多天，才将“玉王”顺利请到山下。

阿力木·玉苏甫对我说，发现玉王是一种缘分，他们兄弟两个对这块玉王感情很深，这次带来参展，就是让更多的人了解昆仑山的玉石，让更多的客商喜欢和阗玉。

被誉为“万山之山”的昆仑山一直被中华民族视为神山，只有周穆王驾神骏才能够到达，是众多远古神话和美丽传说诞生的地方。而昆山之玉，都静静地藏在海拔 4000 米的雪线以上，这些大自然水与火鬼斧神工的产物，不仅造化艰难，采之更难，古人曾说“取玉甚难，越三江五湖，至昆仑之山，千人往，百人返，百人往，十人至”。

每年夏季，天气转暖，昆仑山的冰雪开始融化，大量的雪水裹挟着石头从高山上冲了下来，最终流入南疆的各条河流，这些石头冲入河中，中间夹杂着玉石，藏在水中，在夏夜的月光下会散发出美玉特有的光泽。

和田玉雕

借助积雪融化带来的宝贝，聪明的维吾尔族乡亲便找到一种省时省力的采玉办法，即在河中捞取，清代学者纪晓岚所著“玉拟羊脂温且腴，昆冈气脉本来殊。六城人拥双河畔，入水非求径寸珠”，指的就是古代南疆人在河中拣捞玉石的风气。《天工开物》中记载，“凡玉映月精光而生，故国人沿河取玉者，多于秋间明月夜，望河候视玉璞堆处，其月色倍明亮……”

捞玉，同样讲究缘份，在南疆的许多地方，流传着一些捞玉的传说，据说一位当地乡亲在河里连续挖了几个月，却一无所获，晚上休息时，看到别人都或多或少捞到玉石，有些挖到价值不菲美玉的都高高兴兴地回家了，而自己却两手空空，想到家里的老人孩子都盼着他挖到美玉让家里人生活好点，感到十分懊恼疲惫，准备第二天早上就收工回家。晚上在河滩上休息时，背部被下边一块硬物硌得怎么也睡不着，便生气地爬起来，一把掀去铺在下边的席子，竟然发现下边是一块通体润白、质如凝脂的羊脂美玉。

还有一个传说，当地一个孩子的母亲病了，家里无钱医治，孩子就学着大人的样子，带着一只镐在河里捞玉，一天天过去了，孩子一无所获。夜晚，他独自望向昆仑山，心里默默地祈求昆仑山神能赐予他一块玉石，好换钱挽救母亲的生命，月亮挂在高空时，疲倦的他不知不觉躺在河滩上睡着了。睡梦中，一个风姿绰约的仙子送给他一块美玉。等他醒来时，看到月光照在河里，一块美玉静静地躺在潺潺流淌的河水之中。

数千年来，南疆许多昆仑山下的河流从未断过采玉之人，产玉量高的河流如玉龙喀什河和喀拉喀什河更被众多人奉为“玉石之河”。据说，从夏、商、周到清末约4000年间，有文字记载的和阗玉产量达到了9968吨。

一个朋友曾问我，什么东西最能代表中国人的性格，我略加思索，马上回答：“玉！”和阗玉，这一来自西域的石头精灵，契合了中华文化的内蕴，成为中华文明的一支璀璨组成。

在许多国人眼里，玉石，并不是可以以数量或金钱衡量的财富，相对于黄金、珠宝、钻石的珠光宝气与华丽富贵，和阗玉，在他们眼里，传递着人类的情感，带给人们心灵的淡泊、安宁和愉悦，这决不是金钱和财富所带来的成就感，而是中华民族几千年来的传统美德，以及附着于玉石之上的精神文化价值。和阗玉，最符合中华民族宁静、内敛、含蓄的性格，她外表坚定而内心温润；温润而内敛；高洁而又包容，是中国人追求的君子品格的最佳代表。

当历史前进到改革开放的新时期，我们伫立在昆仑山下，仰望星空，回望西域与中原历经千年的风雨时，仍然能感受到古人对和阗玉的钟爱与对和阗玉高洁品格的追求，仍然能看见那个迎风伫立于昆仑山上让人寻寻觅觅的玉石之神。

艰难困苦，玉汝于“此”

“玉不琢，不成器”。目前，和田玉70%的山料出自巴州的且末县境内，加上若羌县境内出产的黄玉，在和田河流域籽料近乎绝迹的情况下，巴州自然成为新疆和田玉的原料主产地，因而，巴州有着得天独厚的发展玉石产业和玉石文化的基础和条件。但专业化程度不高，制作工艺粗糙，原料开发、生产加工、品牌传播等产业链建设不够系统，文化挖掘不够，缺乏高知名度的巴州玉石品牌等等，巴州的玉石产业整体水平仍有较大提升空间。

如何铸造全国颇具影响力的玉文化品牌，变软玉文化为发展硬实力，坚定不移地做大做强玉产业，实现从玉石产地到玉石文化之乡的华丽转身？这就要求我们大力弘扬中国的玉文化，深入挖掘文化内涵，提升艺术水准，形成产业链条，形成巴州玉文化品牌的文化辐射效应。

弘扬玉文化。要让巴州“和阗玉”这一独特的人文资源焕发活力，必须顺势而为，挖掘玉文化、唱响玉大戏，让玉文化精彩演绎。因此，巴州和阗玉产业要形成玉文化聚集效应，必须从做好“文化传承”这篇文章入手，以玉载道，设计未来，不仅要保护性地开采和阗玉，更重要的是请专家学者“把脉问诊”，高标准制定产业总体规划，将产业、文化、生态、旅游融为一体，争创“国家级文化产业示范园区”，适时举办不同层面玉文化高峰论坛和“和阗玉”文化研讨会，邀请专家学者传经授艺，编撰“和阗玉”文化丛书。同时，在各个玉石产业的各个环节要体现文化价值，把文化内涵渗透到选材定料、构思设计、生产加工、质量检测、包装宣传、经营销售等各个环节，使每一个细节都具备文化的品位，只有这样，才能促使玉文化与玉产业交相辉映，互促互进。

创建玉品牌。巴州“和阗玉”产业的可持续发展，必须以品牌作支撑，以品牌扬特色、用品牌提内涵。要通过构建信息交流、技术创新、人才培养、销售网络等科技服务平台，提升且末糖白玉、且末青玉、若羌黄玉等玉石产业的核心竞争力，实现巴州玉石产业资源共享、上下游产业配套服务，形成玉石产业集群。新疆，曾因“和阗

10吨和阗美玉

玉之乡”而闻名遐迩，因“和阗玉”的流传而声名远播，又因玉石独特之美将中国人先祖对自然的天意之美和人意之美融合起来而受到无数人的向往，这些都是巴州玉产业发展及玉文化传播的宝贵资源和财富。要利用这些优势，加速实施品牌战略，创名牌产品、育名牌企业、树名师效应，实现以特色树品牌，以品牌扩规模，以规模促效益的互动发展格局。要建立行业标准，引进文化人才，增添品牌内涵，让现代时尚与历史传承完美地交融，让巴州“和阗玉”在源远流长的玉文化背景下跳出现代的探戈，在纷杂的市场潮流中展现绚烂的风采。

做大玉文章。市场经济条件下，各地人文资源不同，自然条件不同，就决定一个地方在文化产业发展上必须依托自身优势，突出自身特色，找准发展的着力点和亮点，扬长避短，“有所为，有所不为”，集中力量打造自己的文化优势产业。要做大玉文章，文化必须和市场、产业结合起来。心玉合一，人玉相融，是中华文化中传承千年的东方神韵。在“和阗玉”山料的主产地，不仅有雄浑壮美的昆仑山，辽阔无垠的巴音布鲁克草原，碧波万顷的博斯腾湖和浩瀚的塔克拉玛干大沙漠，还有维吾尔族、蒙古族等各族人民独特的民族风情，厚重的西域文化光泽。做大“玉”文章，要与巴州独特的风物风貌、旅游资源和民族风情结合起来，让玉文化与旅游产业联袂舞动，相互呼应，以玉文化产业带动旅游、购物、娱乐，让“玉产区”变成“大景区”，拉动旅游、物流、金融、房地产等多产业的共生共荣。

艰难困苦，玉汝于成。灿烂的八千年中华文化，惟独玉文化一直连绵不断、贯彻始终。新疆，曾经的“玉石之路”是何等风光，如今，那沉睡了千万年的颗颗玉石，正默默地等候着唤醒的瞬间。“黄金有价玉无价”，现在，我们必须以传承中华民族千年文化的使命与担当，赋予“和阗玉”生命，还“和阗玉”以真正的价值，创“和阗玉”以更多的文化元素，以玉结缘，以玉打造影响力，提升辐射力，使博大精深的“和阗玉”文化真正成为新疆走向世界的又一软实力。

第十一辑

葡萄美酒夜光杯

一斗凉州换未平

揉碎含霜黑水晶，春波滟滟煖霞生。
甘浆细挹红泉溜，浅沫轻浮绛雪明。
金剪玉钩新制法，紫驼银瓮旧豪名。

客愁万斛可消遣，一斗凉州换未平。

一首王翰的《葡萄酒》把我们带上了丝绸之路，带回了葡萄的故乡。

提起新疆，许多人都会与“荒凉”“偏僻”联系起来，在内地人眼里，新疆是一个缺水的地方，进而“大碗喝酒”，碰杯干酒会成为一种奢望。

伴随着源远流长的中华文化，酒文化也有几千年的历史了。无论是李白的举杯邀月，还是王维的西出阳关，美酒泛出的琥珀之光，无不透出深厚的文化底蕴。到新疆以前，我对新疆酒文化的认识是模糊的，那么遥远的地方，喝一杯酒都难，何谈酒文化呢。

葡萄种植基地

一杯玉液香三分。追溯中国酒文化，无论是家人相聚畅饮开怀，节日欢庆歌舞相伴，还是有朋自远方来的以酒待客，那种豪爽、周到都是善意的。特别是在新疆，一望无际的戈壁和沙漠，猎猎风雪的怒吼，给新疆人带来了“儿子娃娃”的豪气。

“儿子娃娃”这个词第一次听到时，我并不明白什么意思，请教当地人，他们的说法也不一样，包括说话算数，讲义气，是个爷儿们，敢掏心窝子、敢于担当。在新疆，谁要被称为“儿子娃娃”，是男人很有面子的事。而其中，在酒桌上喝酒不要滑头，喝得痛快，实在是“儿子娃娃”的一大特色。

新疆自然条件艰苦。新疆人，特别是解放后从五湖四海汇聚到新疆的知识青年、兵团战士，他们在 8 级以上的沙尘暴中，在零下 30℃的冰雪严寒中，一代代接力改造新疆的面貌，创造了人类改造自然的杰作。他们从地窝子里开始奋斗，在新疆建起了高楼大厦，他们从满地石头的盐碱坑中开垦出了瓜果之乡。巍峨的天山，辽阔的草原，无边的原野，陶冶得新疆人心胸开阔，格外大气。他们的热情豪爽，从喝酒上就能看得一清二楚。餐桌上不管坐了多少人，这第一杯酒大家都一样，不管多大的酒杯，你都得端起来，大口地喝下去。凭着这种喝酒的气概，培养出了良好的酒风。

新疆冬季漫长而寒冷，特别是北疆，为了抵御严寒，人们不仅吃一些牛、羊肉等肉类食物，如同生活在严寒的东北人一样，吃饭时往往会倒上一大杯高度白酒。大块吃肉、大碗喝酒的新疆“儿子娃娃”，自然喝不惯南方那些绵软悠长的浅斟低吟，烈性白酒更能把豪爽的性情演绎得淋漓尽致。

什么是“儿子娃娃”？直到现在，我并不能理解得完全透彻。我只知道，在新疆，酒桌上一句“儿子娃娃”，可以令许多男人开怀畅饮至昏天黑地于不顾。新疆人用不惯内地人喝酒的“小盅”，说是那样一点一点地“抿”，活活能把人急死。初来新疆的内地人特别是江南水乡的人，与新疆人一接触，很快就会把自己秀气斯文的性格融入到新疆人豪爽大气的特质之中。我有一个朋友，从秀美的江南来新疆之后就再也不走了。前些年他回了一趟老家，呆不久就又回来了，问他“人间天堂”不好吗，这位老兄操着一口绵软的苏杭口音不屑地说：“看不惯！喝个酒小里小气，还是新疆好，新疆人实在！”

的确如此，在新疆时间长了，体会到新疆“儿子娃娃”爽朗、热情、善良的真性情，谁会舍得离开呢，这里的人有哪个不痛快、不仗义！新疆人做人讲究仗义、正直，喝白酒也从来不用小盅，而是用茶杯。一瓶白酒只够倒几杯，经常是菜还没上多少，桌上已摆了一排空酒瓶。

新疆人喝酒不是去品、去抿，而是举杯仰脖，“咕咚”一饮而尽，那奔腾的烈酒就如燃烧的火龙直接钻入胃里，没见过这阵势的内地人经常会被“震”住。

“葡萄美酒夜光杯，欲饮琵琶马上催。”这不正是西域文化生活的一个写照吗？这说明新疆很早以前就有葡萄酒的存在。而这首诗又脍炙人口，可以作为新疆酒文化的历史印证。但是，我们又要考虑到这首诗的风格，这句反映的是一种豪迈的大漠情，也正昭示了新疆现在的酒文化。

诗体游记之二十五：

楼兰古酒

一杯楼兰古酒
透彻千年的风声
过世的英雄
今天的英雄
他们的心灵同样透明

大风卷起
昨日的风沙

今天的风沙
风沙中英雄豪酒而饮
豪风而饮
豪血而饮
敌人的血　自己的血
我望见
远古一幕的壮美

产生英雄的地方
产生花朵
生长鲜花的草木已被黄沙掩埋
折戟沉沙
唯英雄长寿延年

我是英雄最后的子嗣
一次次跪拜在
古楼兰的疆土上
面对夕阳
黄沙之上
唯水酒一杯
注满英雄千年的精血

晚霞如火　我望见
英雄的灵魂
闪烁橙色的光泽
在夕阳之上跳动

被酒香浸润的丝绸之路

第一次与新疆人对饮时，不禁为他们的豪饮所折服。

27 年前的那场酒桌大战，至今难以忘怀。库鄯管道竣工，和新疆媒体以及中央媒体驻疆记者举杯庆贺。报道任务完成了，大家都很放松。大家很快进入酣战阶段，石油人喝酒也是“黄沙百战穿金甲”呀！王伯瑜先生摔倒，额角破了，依然豪放：男人从不以醉酒为耻辱！这就是喝酒的新疆人。

新疆是一个极其包容的地方。来自五湖四海的人，带来神州各地的酒文化，与新疆特有的文化风俗交汇融合，形成了独特的新疆酒文化。“无酒不成礼仪”。喝酒，自古以来讲究礼仪，各民族、各地区喝酒方法也有着自己的特色。生活在新疆的蒙古、哈萨克等草原上的民族，自古以来就是喜欢饮酒的民族，喝得酩酊大醉也不为耻。新疆本地人很少一个人喝闷酒，常常会邀请三五知己，七八酒友，围坐一桌，桌上摆满手抓肉、烤全羊等本地特色菜，颇有点“大块吃肉、大碗喝酒”的豪气与侠气。新疆人喝酒有自己的特色，先吃饭后喝酒，一盘拌面或抓饭入口，再轮酒杯。显然比山东人上来先喝三杯（一杯二两左右）要科学得多，有时一口菜没吃就醉倒了。先吃后喝，一能护胃，二能增量。作为西域歌舞之乡，新疆人喝酒时歌舞是少不了的，气氛正浓烈时，几个人纵情歌唱起来，或者另辟场地，跳起优美的舞蹈。恰恰是我们这些刚到新疆的内地人，在朋友聚会的酒桌上，看到本地人又唱又跳，既想跃跃欲试，又不是十分放得开，往往在本地人再三邀请之下才能进入这种热烈、豪迈的氛围。

我开始对新疆酒文化感兴趣。在与朋友谈起新疆的酒文化渊源时，朋友对我对西域酒文化知识的匮乏感到诧异：“葡萄美酒夜光杯，你要知道，不仅葡

萄是从新疆传过去的，葡萄酒的酿制方法也是从西域传到中原的！”

后来，我查资料时看到，《史记·大宛列传》中说，张骞奉汉武帝之命出使西域，看到“宛左右以蒲陶为酒，富人藏酒至万余石，久者数十岁不败。俗嗜酒，马嗜苜蓿。汉使取其实来，于是天子始种苜蓿、蒲陶肥饶地”。

这位朋友说，历史上丝绸之路对葡萄文化的传播意义重大。据记载，葡萄文化的传播路线是通过欧亚大草原和伊朗高原到中亚两河流域的。接着，这位精于西域历史的学者引经据典，与我畅谈起新疆葡萄酒的历史。

他说，根据目前新疆古楼兰、尼雅附近出土的一些文物来看，2000年前，新疆地区的人就开始用木制的破碎挤压器，将葡萄压碎，放进陶器中进行自然发酵，然后用胶泥封口，埋于地窖中，数月后，取其清汁，便可饮用。当时我们的先辈们，就已经掌握了利用葡萄皮上的野生酵母来酿酒了，而且还知道了将葡萄酒埋在地下，保持恒温，储藏成熟方法。

据《汉书·西域传》记载，由于自然条件不同，西域地区的经济大致可分为两类。一类以农业生产为主，人们定居在城镇和村庄中，史书上称为“城廓诸国”；另一类以畜牧业生产为主，逐草水而迁徙，史书上称为

"行国"，天山以北的乌孙、乌揭、"车师后国"，牧养马、牛、羊、驴、骆驼等。那时西域各国都有自己的手工业，如制玉、制陶、制革、酿酒、毛纺织、金属冶炼等都有不同程度的发展，市场经济颇为活跃，在商品交换中使用金属货币。

"2100年前，张骞出使西域，为汉武帝带回了葡萄美酒，到了唐代，李世民征服高昌国，宴请大臣同样用的是西域马奶葡萄酒。"这位朋友感慨地说，历史上，中原朝廷饮西域葡萄酒、赏胡姬乐舞，可是当时的潮流时尚啊。

新疆的葡萄酒历史渊源如此之深厚，我开始迷恋新疆的酒文化。

莫使金樽空对月

生下来就与新疆结缘的李白说，人生得意须尽欢，莫使金樽空对月。

忙碌了一天到家后，我也习惯倒上一杯葡萄酒，将思绪停顿下来，仔细品尝它的醇香。口感真好呀！圆润饱满，果香浓郁，甘甜柔美，清新淡雅，一如人生美妙的滋味，自然便流露出了这番感觉：甜美、空灵、清妙，略带神秘。

喝着酒，眼前就出现了葡萄园的景象。在绿色的葡萄架下面，挂着一串一串玛瑙般的葡萄。由于果实太沉，压得枝枝藤藤不停地颤抖。它摇曳的身姿和人的醉酒相映相衬。

我喝过很多种类的酒，浓重热烈的白酒，酣畅淋漓的啤酒，馥郁圆润的葡萄酒，前两者，仅算浅喜，称得上深爱的，惟有葡萄酒。

葡萄是古老而又神奇的落叶藤本植物，一位葡萄酒酿造大师曾对我说过，葡萄酒是大自然馈赠给人类最美好的礼物，酒精含量不高，适度饮用，对身体有保健作用。我爱葡萄酒的沉静与优雅，爱她的温顺与怡人，与白酒啤酒对比，葡萄酒是最开胃的酒，也是让人睡得最舒服的酒，纯美的色泽，清雅的香气，可口的酒液，如一枝娇艳欲滴的玫瑰在晶莹剔透的水晶杯中悠悠绽放，这是一种怎样动人心魄的美啊！

随着对葡萄酒知识的增长，慢慢知道，葡萄酒对原产地的气候、土壤、湿度都有要求，所以葡萄酒的产区必须经过严格的筛选。根据进入葡萄酒酿造行业的时间和酿造工艺，人们把葡萄酒的产地分为新世界和旧世界，法国、西班牙等葡萄酒原产地自然会受到人们的关注，但新疆，这一葡萄酒产地的后起之秀，自她打开世界葡萄酒市场的大门，就以摇曳多姿的西域风情与醇厚香郁的口味受到众多人的青睐。

惭愧的是，品尝了多年的葡萄酒，我却从未踏入过葡萄酒的产地。我

葡萄种植基地

第一次踏足葡萄园，就去了巴州和硕县的芳香庄园。那一天，我初次品味到了最新酿制出的葡萄酒，口里一阵甘甜，一阵幽香，质感有如蜂蜜般浓郁地黏着我的口腔，余韵仿佛在口腔里凝住，挥之不去。

它清晰地告诉我，怎样才算是一瓶美妙的葡萄酒，它圆润、丰满，被岁月驯服后，表现的是那么羞怯，由淡而浓的果香，像心爱的人脸上的红晕，在梦里存了那么久，那么动人。

也许，很多年后，如果我再喝同一瓶酒，我和她都更成熟的时候，会有更加深刻的体会。

葡萄架一二米高，形成一个个绿色通道。晚上住宿时，感觉整个庄园被四野的葡萄藤缠绕着编织成摇篮，那一晚，睡得很香。

亚洲的“波尔多”

又是一个葡萄成熟的季节，市面上那晶莹剔透、青翠欲滴的果粒，使人不禁垂涎三尺。

波尔多，法国西南地区的港口城市，一个享誉世界的名字，既是历史名城，同时也是一个繁华的商业城市，那里既有令人叹为观止的宏伟建筑，也有络绎不绝的商业贸易。经过漫长时间的洗礼，波尔多的魅力交错不仅体现在恢弘华丽的建筑、漂亮小花园里的雕刻，更精细地展现在酒窖库房、平民屋舍以及葡萄酒文化的布局上。

这里是世界知名的美酒之乡，也被人们称为世界葡萄酒中心。据有人统计，这里的酒园和酒堡已经超过九千座，每年产出的葡萄酒有 8.5 亿多瓶，种类多达 50 多种，300 多个牌子，“波尔多葡萄酒”就是这些醉人美酒的代名词。谈到波尔多葡萄酒，就不能不说其所处的地理环境——波尔多在典型的地中海型气候区，夏季炎热干燥，冬天温和多雨，毗邻大西洋，土壤形态多样，这里有吉伦特河流过，有着最适合葡萄生长的气候。事实上，世界上最好的葡萄园基本都在南北纬 30 度至 45 度，而波尔多的纬度位于 44 度至 45 度之间，著名的葡萄酒纬度线给了波尔多更多的机遇。

法国波尔多的梅铎克产区有一句谚语：“只有能看得到河流（吉伦特河）的葡萄才能酿出好酒。”在新疆的南部，天山南麓，“瀚海明珠”博斯腾湖北岸，有一片广袤的土地叫焉耆盆地，依山傍水，砂砾土壤，与“红酒国都”法国的波尔多地区纬度相近，属于典型的大陆性暖温带干旱气候，位于全球最好的酿酒葡萄种植带。这里四季分明，热量适中，光照充足，年降雨量 78 毫米，酒葡萄的生态环境非常好，自然条件极适宜葡萄的生长，是国际酿酒协会公认的适宜种植优质酿酒葡萄的地区之一。

这里气候温和，近几年这个产区逐渐壮大，形成了一批以乡都、瑞峰、芳香庄园为核心的酒庄群，新疆巴音郭楞蒙古族自治州人民政府非常重视，规划了三十万亩有机酿酒葡萄基地。这里是中国最大的有机酿酒葡萄基地，葡萄种植规范，酿酒设备先进，新建酒庄的起点很高。这里的葡萄品质很好，颜色深邃，呈现深宝石红色，浆果香气浓郁，酒体圆润饱满，给人长久在喉的感觉，回味绵长持久，品尝一次就会记忆深刻。

正如波尔多境内有吉伦特河流过，这里发展葡萄产业自然也离不开水的滋养。葡萄人工栽培的生态条件亦受到水面的影响：海洋、湖泊、江河和水库等大的水域，由于吸收的太阳辐射能量多，热容量大，白天和夏季

的温度比内陆低，而夜间和冬季的温度比内陆高，所以，邻近大水面的葡萄园由于深水反射出大量的蓝紫光和紫外线，浆果着色和品质好，而毗邻博斯腾湖的焉耆县、和硕县、博湖县恰恰具有这样难得的先天条件，不仅种出来的葡萄糖度高、糖酸比协调，而且酿出来的葡萄酒颜色纯正，香气和口感都有较高品质。

因为有这样的条件，我对外讲起巴州的葡萄酒就有了十足的底气。2013 年亚欧博览会期间，在乌鲁木齐，与来自澳大利亚的两位葡萄酒庄园主有了一场比拼，比酒的品质，比酒量……他们带来了庄园最好的葡萄酒，我带来了乡都和芳香庄园的上品。他们走了中国的大部分地方，到了巴州。他们说，在这里喝到了真正的葡萄酒。因为这样的评价，我有一丝的自豪，又有些许的苦涩和不甘。乡都的创建人李瑞琴，一位坚定而刚毅又不失豪爽的山东大姐告诉我，那是葡萄树的年龄所致，我们的树龄还不够，再有几年，我们就能生产出最好的葡萄酒。

我们有理由期待，巴州能生产出中国最好，乃至世界上最好的葡萄酒。

岁月沉淀的陈酿

在这里，葡萄酒的形成还流传着一个浪漫的传说：话说那是在很久以前，一位公主和心爱的王子走到了一起，他们在森林的深处造了一栋木屋，王子决定在周围一片空地上种一些水果，自产自销。于是小两口商量，种上了大家都喜欢的葡萄。沐浴着阳光，在王子公主的细心栽培下，眼看葡萄就要成熟了。一个深秋的夜晚，王子和公主去外边参加派对，不料一场暴风雪袭来，森林的小路被厚厚的积雪覆盖，只好在朋友家过夜。待到第二天回到家中，葡萄藤上的果实都被冻成了冰球，在阳光的照耀下散发出炫目的光彩，公主实在不忍丢弃如此美丽的果实。王子灵机一动，摘下了这些果实，压榨出带着冰晶的果汁，存放在了酒桶中。

葡萄酒窖

万物复苏，鲜花绽放的春天，公主发现了遗忘在角落的木桶，她小心翼翼打开木塞，一股奇异的清香扑鼻而来。倒入杯中，香气扑鼻，仿佛沉睡已久的雪花临风绽放。轻轻地抿上一口，从舌尖至心头顿觉甘甜清爽。公主兴奋地喊来王子，共同分享葡萄带给他们的惊喜。由此，葡萄酒，像一朵奇葩悄然盛开。

葡萄酒酿酒专家告诉我，一颗好葡萄在成为品质优良的葡萄酒的浪漫旅程上要走10年，经过各种历练，才能修成正果。葡萄酒与蒸馏酒不同，装瓶后仍有生命及发展，像人一样，有青春，有成长，会成熟与衰老，葡萄酒的品质在这里完成了生命的陈酿，葡萄酒的灵魂得到持续的延续与提升。于是，人们明白，佳酿之所以成为佳酿，正是因为她们成长中积淀了生命的芳香与质感。

就像一个人，在生命的进程，经历了漫长的等待，会渐渐地苏醒，渐渐地理清思绪，并且确认自己所处在的时间坐标。等待，作为成长过程的一个重要组成部分，才能酿出久远的醇香。葡萄酒产业，作为新疆的新兴产业，将来，也许从巴州慢慢走向世界。

传说：焉耆葡萄

相传很久以前，焉耆有一位美丽的姑娘，长得鲜鲜亮亮，风姿绰约，曾迷住了三位将军、六位书生、九位少爷。提亲的彩礼满满送往她家，有五彩的绸缎、七色的美玉、白如冬雪的银锭、灿若朝霞的黄金。富贵的光芒照得姑娘的父母心花怒放，可姑娘咬紧牙关只有一个“不”字，原来，她早就喜欢上了一个叫阳光的英俊青年。可阳光家穷得叮当响，拿什么娶亲啊？阳光梦中听到姑娘对自己唱起了情歌：

哥哥往东走，走到路尽头；
弯弯溪水旁，青青柳枝头；
一棵葡萄树，临风汪着油；
哥去折它枝，清泉水漫流；
带到家东南，插地即抽叶；
当年结翡翠，晶莹又剔透；
粒小却饱圆，无籽全是肉。

阳光从梦中惊醒，天空正繁星满天，他二话没说，背着一羊皮口袋坎儿井的水就上路了。抱着这坚定的信念，经历了七七四十九种磨难，在一个夏日的午后，阳光晕厥在一个茂密的山脚下。隐约中，他仿佛又听到了心上人唱给他的那首歌，阳光在歌声中睁开了眼睛，发现自己躺在巨大的绿色波浪上。绿涛阵阵，和着微微轻风，空气中满是甜甜的味道。一张巴掌大的绿叶随风一下一下地拂着他的脸，他掀开它，一串串有着星星般光泽的葡萄出现在他眼前，他轻轻地摘下一粒送到嘴里，一股从未尝过的甘甜溢满了心田。

阳光欣喜若狂，他看到的就是无籽葡萄啊。阳光拿着葡萄藤回到了家，插地抽叶，当年结果，种出的葡萄果真无籽，受到了国王的嘉奖，阳光也和心爱的姑娘过上了幸福美满的生活。

焉耆盆地葡萄是优质酿酒原料，以其酿造的葡萄酒可与法国波尔多地区出产的葡萄酒相媲美。巴州葡萄种植面积 22.3 万亩，年产量 2.87 万吨。

第十二辑

奔赴“诗与远方”的约会

儿子娃娃的文化基因

儿子、娃娃，两个不相干的词，在新疆这个地方奇妙地融合，形成一个有强烈地域特色的新词，表达着新疆人的倾慕：儿子娃娃！

新疆人崇尚儿子娃娃，可以说，有其地缘关系，更有其深刻的文化背景和厚重的历史渊源。

这里是中西方文化的交汇之地，一群又一群的人从遥远的东方，或从遥远的西方，走过来了，他们在这里相遇相知，但争斗与掠夺不可避免，对土地、财富的占有既是生存的需要，又是人类贪欲的体现，这无可厚非，是人类源自动物的一种自然本性。

这里还产生了那么多的国家，争斗与掠夺变成了国家利益、集体利益的具体体现。

这里有那么多的民族，相近祖源、相近文化的人，渐渐凝聚在一起，形成了一个又一个的民族，他们抵抗外族侵略，为了利益和财富，又侵略外族。

所有这些，最终决定胜利的，是战场上的英雄。因此，这个区域的人，相对而言，更加崇尚英雄。我们从新疆许多少数民族的非物质文化遗产里就能看出。

《玛纳斯》是柯尔克孜民族的灵魂，更是一部英雄的赞歌，讲述的是玛纳斯八代家族抵御外族入侵，为民族而战斗的故事。

《江格尔》则是蒙古民族的英雄史诗，江格尔一词，波斯语释为“世界的征服者”，突厥语释为“战胜者”“孤儿”，藏语释为“江格莱”，蒙古语释为“能者”。

维吾尔族人的《木卡姆》是一种歌舞，更是一座激情的高峰，是维吾尔族人精神生活的真实写照。维吾尔族人的精神蕴含在木卡姆之中，宏伟博大，乐观向上，隐忍宽容，是戈壁绿洲、高山沙漠多元的地域环境，多元文化汇集、交融孕育出来的华章。

而在和平年代里，那些具有英雄基因最多的人，他们豪爽、仗义，他们为人坦荡，他们做事光明磊落，他们乐于助人，他们在困难和危险面前总是冲锋在前面。

在征战时期，他们是英雄；在和平发展时期，他们是儿子娃娃。

诗体游记之二十六：

雪岭云杉

不能再往前走了，前面就是雪线
雪线分开了天和地
地是我生活的空间
天是我灵魂的家园

望望山下的草原
看看天上的冰川
天堂疑似人间，我该止步了
在天堂里迷路
很难走回人间

一边是天空，一边是大地
我的思绪被这片云杉延伸
站在天堂和大地之间，我的这些兄弟
如此淡定，有他们守护灵魂的家园

我该心安了

我知道，在人间的某处
有许多这样的云杉
不能再等了，我得下山去
山下这些好兄弟，一定把酒温热
把肉烤熟，到天堂走了一遭
值得大醉一场

一路向西，西出阳关

是西域亘古不变的风把我们带来，是塔里木河蜿蜒流淌的水把我们唤来。我们，一批来自祖国四面八方的建设者，怀着一腔奉献在边疆的热血，沿着前人曾经耕耘过的足迹，来到了新疆，这个曾经让无数人魂牵梦萦的地方。

来到新疆，必先缅怀曾踏足这片土地的先辈。

这里，曾飘荡过张骞出使西域的猎猎旌旗，使人回想中原文化曾经的坚韧、顽强与我们祖先血脉中膨胀的血性。张骞手持大汉旌旗不忘使命，被扣西域不坠其志，公元前 129 年，张趁匈奴监看放松之机带领部下逃出，一路跋涉终于到达大月氏国。在这里，张骞目睹了西域风情，领略了异域文化。公元前 126 年，满头华发、衣衫褴褛的张骞带领着身边仅剩的一名随员甘父回到故都长安。他把编著的《出关志》和西域的葡萄、胡瓜、苜蓿的种子献给了汉武帝。寂寞的沙漠从此响起了东西方商队交往的驼铃声……从此，“西域敞襟怀，冰山雪莲开；天涯醉佳酿，道是故人来”。

这里，曾驰骋过班超铁甲雄风的战马，凭着安疆定邦的英雄情怀，36名壮士，以“不入虎穴，焉得虎子”的气魄，率数国联军踏平西域，使西域五十多个国家都归附了汉王朝，以东方文化特有的包容与宽广，奏响了多民族融合交流的雄厚乐章。从此，雄浑的马蹄声在戈壁滩上奏出鼓点，悲壮苍劲的嘶鸣在沙漠旷野碰撞、喧腾。

这里，曾有一位老人，跋山涉水，横穿荒漠，踩着厚厚的坚冰，迎着凛冽的寒风，历时四个月来到流放地。在这里，他吟诵着“苟利国家生死以，岂因祸福避趋之。谪居正是君恩厚，养拙刚于戍卒宜”，把流放之地锻造成为国家、民族奉献的舞台，先协助伊犁将军开垦二十万亩荒地，又发动各族人民，历时四个月，用工二百一十万，修建了长二百余里的“林公渠”，他南到喀什，东到哈密，所到之地，推广水利工程“坎儿井”，将当地王爷霸占的土地分给汉维贫民。每读到此，令人不禁拍案而起，这是一个流放罪人能做到的事吗？可他做到了，他，就是中华民族历史上千秋不缀的英雄——林则徐。

新疆，给了我们多么完整的文化世界。

来到新疆，必先融入这片弃满奇幻色彩的土地。

来到新疆，最先感受到的是晨曦中醒来，那涂满山川、河流、沙漠、草原的金色阳光，这是太阳从天空撒下来的万道金光，是太阳穿透云层倾泄下来的亿万金砂。人们披着这些金色的阳光，沐浴在建设繁荣边疆的热潮中。

“轮台东门送君去，去时雪满天山路”。进入天山，一丝凉爽的空气扑面而来，蓝天衬着高矗的巨大雪峰，连绵的雪山似白色的缎子，似水洗过的羊脂玉，用她融化的雪水，滋养着无数的绿洲与良田。

绿茵如毯的巩乃斯草原上，绿树成荫的葡萄架下，各族人民手拉着手，笑语盈盈，载歌载舞，合着都塔尔的节奏，跳起欢快的麦西来甫，这是新疆居民生活的真实画面，是内地看不到的精彩画卷，更是自古以来多民族聚居的独特风景。

在博斯腾湖畔，在塔里木河，处处可以感受到天山雪水的温润气息，山峦清爽，湖水清净，碧水茫茫，视线所及，水面上鳞光闪闪似千万条银鱼在游动，湖色由近到远，是银白、是淡蓝、是深青、是墨绿。特别诱人的是黄昏，落日映红周围的沙漠与山川，霞光铺洒在水面上，水波镀上了一层厚厚的玫瑰红。

新疆，给了我们多么瑰丽璀璨的世界。

诗体游记之二十七：

援疆几苦心自甘

一樽岁酒别旧月，
醉乡深处梦坦然；
西扯江天大漠边，
东寄相思到云鬟；
驼铃阵阵响古道，
旌旗猎猎风做弦；
报国从来多磨砺，
援疆几苦心自甘。

戍守边疆英雄曲

来到新疆，必先感受到时代召唤的伟大精神。

我曾来到塔克拉玛干沙漠边缘的兵团屯垦地，看到曾经的戈壁荒漠变成一望无际的万顷良田。新疆解放，王震、王恩茂等老一辈革命家率领数万军队进疆，他们流淌着祖先敢为人先、以天下为己任的血脉，高扬着时代的激情西出阳关，在天山南北写下一曲曲感人肺腑的英雄史诗。六七十年代，“到边疆去，到祖国最需要的地方去！”这一豪言壮语曾经激励过多少有志青年。如今，兵团的万亩棉田是彩色的田野，是丰收的凯歌，更是兵团精神的真实写照。他们筑起的沙漠之城将以更加雄壮的身姿屹立在祖国的边疆，他们延续的兵团二代、三代今天仍然是新疆稳定的基石。

我曾驻足依奇克里克，站在废弃的油井和倾圮的油城上，曾经的泥坯房、学校、办公楼都已坍塌，残垣断壁前，耳畔，似乎还回旋着当年石油工人战天斗地的豪情，曾经有数千来自大江南北的石油人会聚在这片荒凉的戈壁滩上，来自西北大漠的风曾经锻造了石油人如钢铁般的筋骨，培育了无数新中国第一代石油人。是什么在召唤着他们？石油人，从北京、上海的都市喧哗中走来，从江南的繁花似锦中走来，从家人的绵绵情思中走来，来到这里，住地窝子、干打垒，在封闭而艰苦的环境中一代又一代地接力。我想，是让新中国脱掉“贫油国”的帽子的激情召唤着他们，是开发新疆、建设新疆的情怀召唤着他们，更是奉献在边疆的充实人生召唤着他们。

阿尔金山（王斌　摄）

古往今来，离开生活安宁平静的内地，去遥远的西部，总会与艰难相伴，与风险为伍，人们从发达的大都市来到偏僻、荒凉、寂寞，甚至贫穷的新疆工作，气候的不适应，语言的不熟悉，工作的不熟悉，远离家乡亲人的不适应，等等，对个人来讲，都有很大的挑战性，在心理上必须有应对艰苦生活、复杂环境、困难工作的准备。那么，靠什么来战胜这些困难呢？我想，首先应该是神圣使命、报国情怀、人生理想，为国家牺牲小我，进而实现自己人生理想和价值，也就是必须让自己崇高起来，用一种崇高的精神情怀来不断淘洗自己，不断过滤自己的心灵，净化自己的灵魂。

是什么样的力量，让援疆人的脚步坚实、胸怀宽广、境界高尚？是大漠胡杨的坚韧，是兵团精神的感召，是石油人“铁人精神”的召唤，是奉献在边疆、奉献在新疆的使命。伟大的时代，必然呼唤伟大的精神，新时期的援疆事业正孕育和造就着援疆精神，今天，我们是将用热血书写边疆事业的耕耘者、践行者，今天，我们将“比学赶超、创先争优”，在各自岗位上建功立业，为新疆的跨越式发展和长治久安不懈努力。

新疆，给了我们多么富足的精神世界。

诗体游记之二十八：

离天最近的小山村

沿着崎岖的山路，
一直上行
离白云越来越近
似乎一伸手就能抓住一朵

色日阔勒
就生长在离天最近的山上

贫瘠的山上，羊啃着石头
一平方米两棵草的草原
羊把石头啃出青色
再往上啃，羊只能啃白云
啃着啃着，岁月就远远去了
日子就近了，一个离天最近的
小山村，贫苦的日子
总有白云和冰川相伴

不能再往上走了
再走一点就是天边
冰川的雪水流下来
沁出几百亩土地
几十户的营生和一群羊
几步一棵草，跑了半个山坡
羊的肚子还是空的
草的命，只有一寸长

人的命，在离天不远的
山沟里生长，何其艰难
一百年，一千年，一万年
躲离战乱的祖先
走到这里再也走不动了

在地的远方，天的尽头
开始繁衍人间
艰难沧桑的人世

一如这块耐嚼的羊肉
放在我的碗里

装着这块羊肉上路
我走了很远
还要止不住地回头
心里埋下这又远又近的人间

备注：且末县奥依亚依拉克镇色日阔勒村，是我2013年开始帮扶的贫困村。

时代召唤，新疆之恋

新疆，一片充满魅力的热土，一个令人魂牵梦萦的地方，这里交织着东西方文明、历史与现代的厚重和时尚。这里是我国实施西部大开发的重点地区，是西北的战略屏障，是国内资源的重要基地。沐浴着中央新疆工作座谈会的春风，新疆形成了大建设大开发大发展的热潮。中央决策启动的对口援疆，是历年来支援地域最广、所涉人口最多、资金投入最大、援助领域最全面的一次对口支援。

中央新疆工作座谈会明确提出："要举全国之力建设新疆。"高端强音，铿锵有力，掷地有声，振聋发聩。辩证地审视对口援疆工作，从全国大局的角度看对口援疆工作，经过30年改革开放，东部沿海率先发展起来，中部地区也有很大发展，西部地区资源、农业等领域为中东部地区发展作出了积极贡献，东部和中部有能力，更要有责任担当的意识，支持包括新疆在内的西部地区加快发展。新疆近年来的巨大变化，使我们更加感到党中央决定内地19省市对口支援新疆的决策英明正确，符合新疆

一汪秋水映彩霞（周新明　摄）

的现实发展需要。同时，一批批来自内地的援疆干部也更加真切地感受到新疆干群急切地想发展、盼发展。有中央战略高度的支持，有全国各地的倾心援建，有新疆各族人民的苦干实干，新疆，是大有希望的，是大有潜力的。

大美新疆，魅力无限。新疆，从来就是一片神奇瑰丽的地方、一块不断创造奇迹的热土。不论是各族人民携手抵抗“三股势力”、走过“七五”事件带来的冲击，还是在国际金融危机中率先崛起，新疆，总能坚强地挺立起来，顽强地屹立在世人面前。经济援疆、干部援疆、人才援疆、教育援疆、科技援疆，19 个对口支援省市带着对各族人民的深情厚谊，把新疆的事情当作自己的事情，以高度的政治责任感和强烈的历史使命感，与各族人民一道，化内陆为前沿，化劣势为优势，共同描绘着新疆发展的美好蓝图。

新疆，优势在内陆，劣势也在内陆。166万平方公里之富饶，成就了“塞外江南”的美誉，因地处内陆而偏僻闭塞，也引来了许多内地人“新疆人坐在聚宝盆上过穷日子”“捧着金饭碗讨饭吃”的叹息。在一个经济全球化、改革开放的时代，新疆如何从封闭内陆成为“黄金腹地”？援疆工作的方位在哪里？出路在何方？

眼界决定境界。从实践中看，地域偏远、远离发达的沿海地区，生产方式落后、人才匮乏，是新疆落后于内地的主要原因，由此造成的眼界不宽、思想保守是发展最主要的掣肘。援疆最重要的是更新理念，让各族干部自觉行动起来，成为新疆发展建设的中坚力量。新疆发展到底最需要的是什么？政策、资源、项目？最需要的是观念，只要有好的观念，一个地方就能发展。从改革开放的实践中看，思想的解放，总是在经济与社会发展最关键的时刻，成为引导一个地方勇往直前的智慧之光和精神动力。援疆干部多数从经济发达地区而来，他们的许多思想观念、发展模式和工作作风正是新疆发展思想层面上所需要的，要充分利用这一思想交锋、观念碰撞和精神嬗变的广阔平台，引导地方干部群众突破思想误区，经受思想洗礼，张扬思想活力，为新疆在科学发展的轨道上捷速前行奠定坚实的思想基础。在这方面，援疆干部要发扬好的作风，大力弘扬爱国爱疆、团结奉献、勤劳互助、开放进取的新疆精神，真正做到“少找客观、少讲困难、少摆理由”，“敢于承担责任、敢于承担风险、敢于承担失误”。同时，要自觉对照新时代新征程的要求，锁定经济架构、体制架构和组织架构等方面的突出问题，深入剖析原因，明确整改思路，切实做到以思想的突破实现发展方式的超越。

心态决定状态。先进地区的发展经验充分说明，在市场经济条件下，资金、人才、资源等都是开放的、流通的，一切生产要素都是可以按市场机制配置和转移的，只要抓住机遇，大胆解放思想，敢想敢干，完全可以通过市场把资源“引”进来。客观地说，新疆在西部地区的资源禀赋是比较明显的，但人们常常有依然处于人为设置的“一墙之隔”之中的痛感。根本原因在哪里呢？在于缺乏真正的思想情感融合，缺乏人流、物流、技术流以及交通流的良好对接与衔接等等。如果每个人的思想得以解放，新疆开放的大门就会打开。这样才能吸引更多的人流、物流、资金流和思想流到新疆来，为新疆的崛起而贡献力量。援疆不仅仅是投钱，更要培养人才、传授技术，授人以鱼不如授人以渔。当前，援疆干部最紧迫的就是要只争朝夕抢抓发展机遇，最大限度用足用活国家对新疆的各项扶持政策，紧紧抓住国际制造业转移方式不断创新、转移结构不断推向高端，以及当前各种资源成本较低的机遇，全力协助地方干部提升改革开放水平，切实加大产业招商以及行业对接、人才对接力度，尤其要牢牢掌控项目投入这一生命线，推动新疆在思想解放、招商引资中谋求精彩的转型。各对口支援省市把当地的资源优势与对口支援省市产业特色结合起来，通过支持产业园区建设，设立特色产业扶持基金，制定鼓励本省市企业来疆投资的财税、金融、流通等优惠政策，为各类商会和企业来疆投资搭建平台，建立产业援疆服务跟踪机制等多种措施，千方百计鼓励支持企业来疆投资、发展，提升受援地产业发展水平。

心胸决定格局。新疆要发展，首先要不断突破“不靠海、不沿边”的地域限制，以对接中亚地区的开放勇气和建设现代“丝绸之路”的责任意识，推动新疆成为我国向西开放的窗口和沿边开发开放的示范区。在这方面，援疆干部要以新时期的责任担当胸怀，以扎实的工作作风、良好的精神风貌、开放创新的思路，推动新疆大建设、大开发、大发展的滚滚热潮迭起。各对口援疆省市也要将其人才、资金、技术、管理等优势与新疆的资源、区位等优势结合起来，引导、鼓励企业到新疆投资，中央企业更要勇于担当，充分发挥在产业援疆中的骨干和表率作用，带头参与新疆重大项目建设。中央决定启动对口援疆工作，组织派援疆干部到新疆这片热土支援各族人民经济建设，是对援疆干部莫大的关怀，巨大的鼓舞，更是重大的责任。所以，援疆干部应当有“以天下兴亡为己任”的胸怀，应当有“接地气才能有灵气，俯下身才能心贴心”的气度，还需有“闻到大地的泥土味，听到百姓的心里话”的坚定，更需有“时不我待，分秒必争”的干劲。惟有如此，才能真切回答“援疆为了什么”“援疆学到什么”“援疆留下什么”这几个鲜明而实在的课题。

火热的实践召唤着我们，伟大的时代期待着我们。今天，站在新的历史起点上，援疆人蓄势而发，为新疆的长治久安和跨越式发展贡献力量，未来，依然是击鼓奋进、攻坚克难、干事创业，大美新疆因援疆人的到来充满希望、活力倍增。怀揣梦想的援疆人，不乏梦想与实干，在建设边疆、开发边疆的时代浪潮中，一个繁荣新疆的梦想正在逐步变为现实。

诗体游记之二十九：

天池的第一天

睡了一个冬天，天池刚刚醒来
懵懂着，看我们这些不速之客
天池的面色略显羞涩
云都静了，把天空腾给蓝色
温柔的太阳，不吝啬遍体的金黄

一直在天上做梦
刚刚醒来的天池优雅多情
把天空揽在怀里
还诱惑博格达峰
也春心萌动，想着多彩的人间
向往的泪水飘下来
搅得天池春心萌动

冰封的时间太久
天池的腰身还没有完全舒展
她用微微的波澜
点破我的思念
岸边的枝头已经抽芽
何愁没有山花烂漫

诗体游记之三十：

天山望月

天山横卧鹰翅开，
丝路绵绵入梦来；
九霄邀月醉边塞，
万里驭情汇瀛台；
西行从来多磨砺，
英雄自古抒壮怀；
莫道前路有险阻，
强疆富民多豪迈。

特产：巴州矿产资源

如果用色彩来形容新疆矿业资源的丰富程度，赤橙黄绿青蓝紫这七色是绝对不够的。境内已发现矿种74种，探明有一定储量的有58种，取得333级以上资源量的矿种41种，分布在14个Ⅲ级、多类型成矿远景带。除了已经被世人所熟知的石油、天然气和钾盐以外，铁、煤炭、铜、锌、钨、菱镁及花岗岩、石膏、玉石等，也都具有良好的开发前景。这些丰富的矿产埋在巴州48万平方公里的广袤大地上静静地沉睡了千百万年。近年来，随着优势资源转换战略的实施，这种寂静正在被打破。

古人将昆仑山视为神山，认为昆仑山上有许多宝藏，《晋书·张轨传》载："酒泉太守马岌上言：'酒泉南山，即昆仑之体也。周穆王见西王母，乐而忘归，即谓此山。此山有石室玉堂，珠玑镂饰，焕若神宫。宜立西王母祠，以禆朝廷无疆之福。'"

关于巴州丰厚的资源，还流传着一个优美动听的神话。

共工怒触不周山，不周山被撞断后，天就塌下半边来，还露出很多大窟窿；地面也裂开了，出现一条条的深坑裂缝。在天崩地裂的情况下，山林燃烧起熊熊大火，地底喷出了滔滔洪水，周围也窜出了各种凶猛野兽，大地就像一个人间地狱。

居住在昆仑山的天神女娲，看到自己创造出来的人受到这样的苦难，痛心极了。为了让人们重新过上自然的生活，女娲决定去修补残破的苍天。这是一件极其困难繁杂的工作，女娲先在昆仑山上拣了许多五色石子，又用大火把石子烧了九天九夜，炼成红、黄、青、白、黑五色混合的石浆，然后一勺一勺地把石浆灌进天上的窟窿，把崩裂的地方修补好。随之的工作，便是要把天撑起来。女娲用一只大乌龟的四只脚，用来代替天柱，竖立在大地的四方，把天空像架帐篷似的撑起来。柱子很结实，天空再也不会塌下来了。女娲又赶走了到处为患的凶禽恶兽，又用芦草烧成的灰去填塞洪水。天补好了，地也填平了，人民又重新过上了自然幸福的生活。

这时，昆仑山上还剩下一些五彩石，女娲看到山底下百姓贫苦，无以为生，就站在峰顶，将剩余的五彩石撒到山下的草原、沼泽和山谷里，这些五彩石变成了铁、煤炭、铜、锌、钨、菱镁及花岗岩、石膏、玉石等，百姓们靠采掘这些矿石，很快过上了和美的生活。

巴州是国家重要的战略资源基地，矿产资源开发前景广阔。已探明矿产 74 种，其中有 9 种矿产储量居全国前 10 位。其中：蛭石保有储量 1 亿吨，占全国已探明储量的 92%；罗布泊钾盐保有储量 2.44 亿吨，占全国已探明储量的 54.4%；石棉保有储量 6334 万吨，占全国已探明储量的 30%；红柱石资源量 4.13 亿吨，居全国第一位；煤炭预测资源量 2253.6 亿吨，占全疆预测量的 10.29%，居全疆第五位；铁、锰、钨、石膏、玉石、菱镁矿、花岗岩、陶瓷、黏土等资源储量在新疆居首位。

后 记

离开巴州十年多了，我的脑海里时不时地跳出一个命题：一个人和一个地方。我试图用这个命题写一首诗，写了几稿，都不满意，我心里的那种感受怎么也表达不出来，只得把稿纸撕了，扔掉。

后来，我想明白了，一个人和一个地方这个命题是说不清楚的，因为这个人和这个地方纠葛在一起，缠绕在一起，不仅仅在生活和工作层面，尤其是在情感深处，甚至是在命运之间，他们过分投入，相互融合，黏在了一起，醉在了一起，腻在了一起，不愿分开，不能分开，难以自拔！我想到诗人艾青那句著名的诗：为什么我的眼里常含泪水？因为我对这土地爱得深沉……

为什么爱得深沉？因为这里值得爱，这里的风物，这里的文化，这里的人。

用壮美比喻巴州，是最恰当的词汇。最大的山、最大的湖、最大的沙漠、最大的戈壁、最长的内陆河流，自然的最美在这里充分体现。

用厚重掂量，才能掂量出巴州的分量。丝路驼铃，人类文明的脚步响彻千年，东西方文化在这里交汇，四大文明在这里融合；楼兰文化、东归文化、马兰文化、兵团文化、石油文化，历史的厚重催生出巴州特色文化的丰富多彩。

用沧桑表述，最合适不过，罗布泊呈现的“沧海桑田”，楼兰、米兰、西域都护府，丝路上一座座遗址，沙海里一粒粒尘埃，悲凉之中止不住的一声声长叹，历史变迁在这里一幕幕上演、沉落。

用希望寄托，是因为这里巨大的发展潜力、建设的空前火热，石油之城、纺织之城、钢铁之都，新疆副中心城市，南疆交通枢纽，还有出自我内心的热爱。

三年的援疆生涯使我有幸认识巴州，建设巴州，进而热爱巴州，眷恋巴州，无论是在地域、自然风物层面，还是在历史和文化层面，巴州所包含的内容都远远不是我们一般的地级行政区划可以比拟的。正因为她的博大，她的深远，她的多元，她的丰富，也使我的这次巴州之行更加值得和难忘，这次人生之旅的内涵更加丰富和多彩。有幸参加新时期的援疆建设，使我从个人层面经历了一次人生意义上的“上山下乡”，一次灵魂的洗礼。联想到毛主席那篇著名的文章《为人民服务》，当我们真正面对人民的时候，才能更加深刻地体味为人民服务的内涵和真谛。

虽然离开巴州十多年了，心中的思念和牵挂却如影随形，人是自然界里最有灵性的动物，对一个地方热爱，情感就自然而然地产生。一方水土养一方人，一个地方对人的滋养是自然而然的，日月风华，人与自然为伴，有什么样的地方就有什么样的人，人是地方的一部分。

去年退休后，我终于有时间整理在巴州期间写下的零零散散的作品了，整理过程使我的思绪一次又一次地醉卧在巴州大地上，从情感层面上仿佛又重走了一次援疆路。我邀请了对巴州历史、人文有深入研究的好友文杰先生帮助我一起完成作品，查资料、启思维、找图片，才有了现在的样子，才便于更多的人阅读。

成稿后，得到了巴州党委政府、二师铁门关市党委政府的支持与帮助，特别是巴州文旅局田涛、张建刚，二师文联张清闯同志，帮助校稿，提供资料和素材，提出修改建议，在此一并表示感谢！

周德军

2024 年 11 月